HALLOWEEN

Jetzt schlägt`s 13

Halloween

Jetzt schlägt's 13

Anthologie

Impressum

© Oktober 2017 Kelebek Verlag
Anthologie
Autoren und Illustratoren: im Anhang
Cover: Bonny B. Bendix
Lektorat: Carolin Olivares
Kelebek Verlag, Inh. Maria Schenk, Franzensbaderstr. 6,
86529 Schrobenhausen
ISBN 978-3-947083-05-3
Druck und Vertrieb BoD
Bibliografische Information der Deutschen Nationalbibliothek
Die Deutsche Nationalbibliothek verzeichnet diese Publikation in der
Deutschen Nationalbibliografie; detaillierte bibliografische Daten sind
im Internet über http://dnb.d-nb.de abrufbar.

Inhaltsverzeichnis

Jacks Rache

von Sascha Zurawczak

Jedes Jahr, in der Nacht vom 31. Oktober auf den 1. November, verschwindet die Wand zwischen der Welt der Lebenden und der Toten. Wenn dies geschieht, suchen die Geschöpfe der Nacht die Menschen heim, um sie das Fürchten zu lehren.

* * *

Vor langer, langer Zeit hatten die Menschen in ihrer Angst damit begonnen, Opfergaben darzubringen, häufig Süßes. Davon besänftigt hatten die Monster und Phantome von ihnen abgelassen und waren in ihr Totenreich zurückgekehrt. Hin und wieder waren die gruseligen Geschöpfe mit ihren Geschenken jedoch nicht zufrieden gewesen.

Irgendwann beschlossen sie in ihrem Zorn, Kinder zu entführen. Weder Weinen noch Flehen half. Jahr für Jahr stieg die Zahl der verschleppten Kinder, obwohl die Eltern die besten Verstecke aussuchten. Der Terror der Kreaturen aus dem Jenseits nahm kein Ende.

Doch eines Tages änderte sich alles. Die Bewohner eines kleinen Dorfes kamen in ihrer Verzweiflung auf die Idee, anstatt ihre Kinder zu verstecken, sie als Hexen, Geister oder

Monster zu verkleiden, in der Hoffnung, die Geschöpfe der Nacht zu täuschen. Und tatsächlich! Es zeigte sich, dass die Wesen der Dunkelheit nicht zwischen den maskierten Kindern und ihresgleichen unterscheiden konnten. Wohl oder übel mussten die Geister sich mit den Opfergaben zufriedengeben. Von nun an waren die Kinder sicher.

Von Generation zu Generation wurden die Kinder aber immer übermütiger und begannen, in ihren raffinierten Verkleidungen den Leuten Streiche zu spielen. Sie bedienten sich sogar an den süßen Opfergaben für die Geister. Zwar durchschauten die Erwachsenen den Schwindel häufig, aber sie konnten nie wirklich sicher sein, ob hinter den kleinen Geistern nicht doch echte Monster steckten. Also gaben sie bereitwillig die Süßigkeiten heraus. Mit der Zeit entwickelte sich das Ganze zu einem lustigen Spiel und einer schönen Tradition, die irgendwann Halloween genannt wurde.

* * *

Die Geister aber waren überhaupt nicht entzückt darüber, dass ihnen ihr Festtag genommen worden war und schworen Rache. So auch der verdorbene Jack. Schon lange trieb er zu Halloween sein Unwesen. Es hatte eine Zeit gegeben, in der jedes Kind die Geschichte von Jack ó Lantern gekannt und gebührende Angst vor ihm gezeigt hatte. Mittlerweile aber taten die meisten Leute die Nacht der Untoten als Märchen ab. Viele verhöhnten die Geister sogar, auch ihn – Jack ó Lantern. Es machte ihn rasend, wenn die Leute ausgehöhlte Kürbisse, mit Kerzen darin, vor die Haustür stellten. Das Schlimmste war aber, wenn die Menschen ihn zu Halloween für ein verkleidetes Kind hielten. Zwar bekam er seine süßen Opfergaben, aber darum ging es ihm ja gar nicht.

„Ich will gefürchtet werden!", rief Jack aus und ballte dabei die Fäuste. „Wozu bin ich denn ein Gespenst? Einst kannte mich jeder, mich den Fürsten der Verdammten! Nun bin ich nichts als eine Witzfigur für Kinder. Das sollt ihr mir büßen, ihr Menschenpack. Ich werde die wahre Bedeutung von Halloween zurückbringen."

Doch wie sollte er das anstellen? Da gab es nämlich ein Problem. Wie alle anderen Geister konnte auch Jack die echten nicht von den falschen Monstern unterscheiden. *An den Kindern kann ich mich also nicht vergreifen ...*, überlegte er und grübelte vor sich hin. Während er sich an seinem Rübenkopf kratzte, nahm allmählich eine teuflische Idee in seinem Monsterhirn Gestalt an. Den Kindern konnte er zwar nichts anhaben, aber ihren Eltern sehr wohl. Schließlich war es früher üblich gewesen, alle Menschen, die großen und die kleinen, zu peinigen. Das war, bevor Jack und seine schwarzen Gesellen sich von den Süßigkeiten hatten einwickeln lassen. Es gab jedoch keine Vorschrift, die besagte, dass er diese Bestechung annehmen musste. Er hatte jedes Recht, sie abzulehnen. *Dieses Jahr gibt es keine Gnade. Jeder Mensch, den ich heute heimsuche, wird das Nachtgrauen erleben,* frohlockte Jack im Stillen. Dabei grinste er hämisch.

In diesem Jahr war die *Nacht der Nächte* mild und sternenlos. Ein milchig gelber Vollmond leuchtete, genauso wie Jack es mochte. Das Haus, vor dem er stand, war mit besonders vielen der ausgehöhlten Kürbisse dekoriert, die Jack so hasste.

Das wird mein erstes Ziel, entschied er. Vor der Haustür warteten bereits eine Hexe, eine Mumie und ein Vampir. Waren sie echt oder Kinder? Jack konnte es nicht mit Sicherheit sagen, wollte es aber nicht darauf ankommen lassen. Einmal hatte er einem vermeintlichen Kind die Maske herunterreißen wollen und wurde dann von einem echten Werwolf verprügelt.

Die Hexe hatte bereits geklingelt. Als die Tür sich öffnete, rief der Geisterchor: „Süßes, sonst gibt's Saures!", die übliche Formel, um Opfergaben einzufordern.

„Oh, ihr seid ja niedliche Geister", sagte die Hausfrau entzückt.

Die etwa vierzigjährige Dame streckte nur ihren Kopf zur Tür heraus. „Lasst mich raten, wer ihr seid. Du bist Oliver, nicht wahr?", fragte sie den Vampir. „Ihr zwei seid Julia und Tim." Sie zeigte auf die Mumie und die Hexe. Natürlich erhielt sie keine Antwort, nur ein Kichern war zu hören.

Aber Jack horchte auf. Diese Frau war offensichtlich in der Lage, echte von falschen Geistern zu unterscheiden.

In diesem Moment fiel der Blick der Frau auf ihn. „Und du bist bestimmt die kleine Bärbel", sagte sie gut gelaunt.

„Ich bin kein Mädchen!", protestierte Jack empört.

„Ach, dann bist du Bärbels Bruder Bruno", korrigierte sich die Frau. „So verkleidet kann man euch wirklich nicht unterscheiden."

Also war die Frau doch nicht in der Lage, echte Gespenster zu erkennen. Jack war viel zu verdutzt, um zu reagieren, als sie ihm, genau wie den anderen, Süßigkeiten in die Hand drückte und dann die Tür wieder schloss. Zufrieden kichernd verschwanden die anderen Geister in die Nacht.

„Verflucht!" Jack hoffte, dass diese peinliche Geschichte geheim blieb und nicht eines Tages Teil seines Mythos werden würde. Sein nächstes Ziel war ein altehrwürdiges, allerdings ziemlich verfallenes Haus. *Das wäre ein prima Zuhause für mich und meine Kumpel*, dachte er. Nur das elektrische Licht, das durch die Fenster fiel, verriet, dass dort Menschen lebten. „Auf geht's!", zischte er angriffslustig. Mit seinen langen, knochigen Fingern betätigte er den Türklopfer und wartete gespannt auf die arme Seele, die öffnen würde. Endlich – nach geschlagenen fünf Minuten hörte er schlurfende Schritte. Die Haustür öffnete sich mit einem Quietschen.

Im Türrahmen erschien eine uralte Frau. „Ja, bitte?", krächzte sie.

„Ich bin Jack und ich komme, um dich zu holen!" Das Opfer war zwar nicht mehr die Jüngste, aber für den Anfang musste es genügen.

„Was? Du bist keck und willst ein junges Fohlen?"

Anscheinend war die Dame schwerhörig. Das machte es nicht gerade einfacher für ihn. „Ich bin ein gefährlicher Geist und will dich heimsuchen."

„Wie? Du willst mir ein Heim suchen? Ich fühle mich noch agil. Also ein Heim brauche ich nicht."

„Ich will dich killen!", schrie Jack außer sich vor Zorn und Enttäuschung. Hatten sich denn alle gegen ihn verschworen?

„Was? Grillen? Ist es dafür nicht schon ein bisschen kühl?"

„Ach, vergiss es!" Völlig frustriert drehte er sich um und ließ die alte Dame stehen. *Ist doch ein Dreck*, dachte er bei sich. *Den Teufel habe ich überlistet. Doch an diese Ahnungslosen komme ich einfach nicht ran. Aber beim nächsten Haus sind die Leute fällig. Komme, was da wolle!* Mit festen Schritten steuerte er auf das nächstbeste Haus zu und klingelte.

Als die Tür sich öffnete, erlebte Jack einen Schock. Vor ihm stand – ein Priester! Es dauerte eine Weile, bis sich seine Erstarrung soweit löste, dass er sich wieder rühren konnte. Er betrachtete das Haus noch einmal genauer. Eine Kirchentür! Er hatte an eine Kirchentür geklopft!

Zur Erinnerung: Jack ist ein Verdammter. Weder im Himmel noch in der Hölle findet er eine Zuflucht. Der einfache Segen eines frommen Menschen kann dem bedauernswerten Gespenst schreckliche Qualen bereiten.

Sein schlimmster Alptraum war wahr geworden. Er stand einem sehr frommen Mann direkt gegenüber. „Uaaaaah!" Voller Panik machte er auf dem Absatz kehrt und rannte um sein untotes Leben.

„Ihr verflixten Kinder mit euren Mutproben", rief ihm der Priester noch hinterher. „Bist du etwa Bruno? Oder die freche, kleine Bärbel? Na wartet, ich sehe euch ja am Sonntag im Gottesdienst. Dann könnt ihr was erleben!"

Jacks Plan war gescheitert und die Wand zum Totenreich würde sich schon bald schließen. „Lass ich es also für dieses Halloween gut sein", brabbelte er vor sich hin. Mit letzter Kraft drehte er sich um und drohte der Kirche mit der Faust.

Und schließlich … wie ein Spuk, der im Tageslicht langsam seine Kraft verliert, verschwand das Phantom aus der Welt der Lebenden.

* * *

Die Geschichten um Jack ó Lantern stammen ursprünglich aus Irland. Der Name bedeutet eigentlich *Jacks alte Laterne* und das war, so die Legende, eine ausgehöhlte Rübe mit einem Licht darin gewesen. Irische Einwanderer brachten die Tradition des Halloween nach Nordamerika. Aus der Rübe wurde ein Kürbis, weil Rüben in der neuen Heimat nicht so verbreitet waren. In Europa vergaß man Halloween für eine lange Zeit. Mittlerweile kehren die alten Bräuche und Geschichten langsam wieder zurück, so auch die Legende von Jack ó Lantern.

Gino sieht Gespenster

von Marion von Vlahovits

Draußen war es bereits dunkel geworden. Gino freute sich auf einen ruhigen, gemütlichen Abend mit Luca und Tessa. Während Tessa sich mit einer Wolldecke und einem Buch auf dem Sofa ausbreitete, zündete Luca das Kaminfeuer an.

Mit viel Glück könnte Gino es schaffen, zu ihr auf das Sofa zu gelangen, um es sich auf ihren Füßen bequem zu machen. Eigentlich – das war eine der Regeln in Ginos Familie – gehörten Hunde nicht auf's Sofa, aber in der kalten Jahreszeit hatte Tessa nichts gegen einen lebendigen Fußwärmer. Natürlich nutzte Gino diese Gelegenheiten schamlos aus.

Hoffentlich kommt mir Lilli nicht in die Quere, überlegte er. *Zum Glück ist die Katze nirgends zu sehen. Da stehen meine Chancen auf den Platz nicht schlecht. Es geht doch nichts über einen gemütlichen Abend zu dritt.* Voller Vorfreude beobachtete Gino jetzt, dass Luca sich nun ebenfalls ein Buch nahm. Damit setzte er sich in den großen Ohrensessel direkt vor der Terrassentür. Das Feuer flackerte, strahlte Wärme und Behaglichkeit aus.

Langsam pirschte sich Gino an das Fußende des Sofas heran.

Geduckt streckte er seinen Körper in die Länge, zog vorsichtig die Hinterläufe nach und lag nun direkt unterhalb von Tessas wohlriechenden Füßen. Nun musste er nur noch möglichst unbemerkt hinaufklettern. Ein Sprung wäre zu auffällig. Tessa würde entsetzt aufschreien, wenn er mit seinem Kampfgewicht auf ihr landete, und dann … wäre der Abend gelaufen. Also galt es, sich möglichst elegant auf ihre Füße zu schieben. Keine leichte Aufgabe, aber machbar!

Vorsichtig stand Gino auf, hob bedächtig seine rechte Pfote und legte sie auf der Decke neben Tessa ab. Dann wiederholte er dieses Manöver mit seiner linken Vorderpfote. Puh, der Anfang war geschafft! Zum Glück war das Sofa nicht hoch. Wenn er nun noch seinen rechten Hinterlauf unauffällig über Tessas Beine heben könnte, brauchte er sich nur noch sanft hinübergleiten zu lassen. Also streckte er sein linkes Hinterbein, um etwas an Höhe zu gewinnen und balancierte das rechte quer über das Sofa. Geschafft! Siegesgewiss verlagerte er sein Gewicht, um sich endlich auf Tessas Beinen breitzumachen.

Drrrrrrrrrrrrrrrrrr! An der Haustür klingelte jemand Sturm.

Vor Schreck verlor Gino seinen Halt und krachte zusammen. Tessa schrie laut auf.

17

Luca schnellte aus seinem Sessel hoch. „Was ist denn nun schon wieder? Wer klingelt denn da wie ein Verrückter?", schimpfte er und stampfte zur Haustür.

Gino, der sich wieder gefangen hatte, rannte laut bellend hinter ihm her. Wer wagte es, seinen Abend zu ruinieren. Als Luca die Tür öffnete, erblickte Gino kleine Gestalten, die sich wild gebärdeten und ein fürchterliches Gekreische von sich gaben. Entsetzt verstummte er und zog den Schwanz ein. Ob das die Waldgeister waren, von denen er schon bei seinen Rundgängen im Wald gehört hatte? Solche Wesen hatte er jedenfalls noch nie gesehen. Die musste er sich genauer betrachten und dann brauchte er dringend einen guten Plan, wie er sie vertreiben konnte. Die Gestalten sahen wirklich furchterregend aus. Eine hatte ein vernarbtes Gesicht und trug verschiedene Tierfelle, die eng um ihren Körper gewickelt waren. Die andere fletschte ihre scharfen Reißzähne, an denen Blutstropfen hingen. Mehrere waren in weiße Tücher gehüllt und rasselten mit Ketten. Dabei schienen sie schwerelos über dem Boden zu schweben. Diese Kreaturen kamen Gino äußerst gefährlich vor. Luca hatte ihnen bereits die Tür geöffnet. Es war nur noch eine Frage der Zeit, bis die Ungeheuer die Bewohner des Hauses anfallen würden. Das musste Gino auf jeden Fall verhindern.

18

Er spürte, wie sein Nackenfell sich sträubte, knurrte grimmig und legte die Ohren an. Dann quetschte er sich an Luca vorbei und stellte sich angriffslustig in den Türrahmen.

Von einer Sekunde auf die andere verstummten Kreischen und Kettenrasseln. *Stille, endlich Stille*, freute sich Gino. Aber die Freude hielt nicht lange an. *Halt, was soll das? Warum packt Luca mich jetzt am Halsband?*, wunderte er sich im nächsten Moment voller Empörung .

Nicht nur, dass Luca ihn festhielt, er zischte auch noch: „Aus!" und gleich danach: „Platz!" Dann ließ er das Halsband wieder los.

Völlig verdutzt starrte Gino sein Herrchen an. Es kam aber noch schlimmer. Als Gino sich nicht gleich bewegte, schubste Luca ihn nach hinten. Was in aller Welt dachte sich dieser Zweibeiner dabei, ihn jetzt auf die Seite zu schieben? Schließlich musste Gino ihn und Tessa vor den Kreaturen beschützen. Darin bestand die Aufgabe eines Rudelführers und der war selbstverständlich Gino! Warum ihm ausgerechnet jetzt die Rangordnung streitig gemacht wurde, verstand er nicht. Irritiert blickte er zu Luca.

Die unheimlichen Gestalten erwachten unterdessen aus ihrer Schreckstarre und nutzten die Gelegenheit. Wieder fingen sie an zu kreischen, zu rasseln und zu heulen. „Süßes oder Saures", forderten sie immer wieder.

Gino verstand nicht, was damit gemeint war. Allerdings begriff er sehr wohl, dass diese Monster keine Ruhe geben würden, wenn nicht er, der unerschrockene Inspektor Gino, sie vom Hof jagen würde. Warum Luca ihn festgehalten hatte und jetzt immer noch an der offenen Türe stand, konnte er nur mit dessen geistiger Verwirrung erklären. Nun rief Luca auch noch Tessa etwas zu.

„Tessa, hast du an Halloween gedacht? Haben wir Süßigkeiten für die Geister? Und bring den Fotoapparat mit. Die sehen echt zum Fürchten aus."

Gino war klar, die Lage wurde immer brenzliger. Mit einem Satz sprang er durch die offene Tür und fletschte die Zähne. Die Ungeheuer stoben auseinander, schrien und rannten so schnell ihre Beine sie trugen vom Hof. Am liebsten hätte Gino sie durch alle Straßen verfolgt. Schließlich würde so auch der Dümmste kapieren, wie wichtig Gino für die Sicherheit des Dorfes war. Aber Luca und Tessa wollte er nur ungern schutzlos zurücklassen. *Wer weiß*, überlegte er, *ob sich nicht irgendwo eine der Bestien versteckt hat und nur darauf wartet, die beiden wehrlosen Menschen alleine vorzufinden.*

Also blieb er im Hof stehen, knurrte laut und erfüllte seine Pflicht. Hinter ihm brachen Tessa und Luca in schallendes Gelächter aus. Verwundert drehte sich Gino zu ihnen um. Was war nur los mit den beiden? War ihnen die Gefahr, der sie nur knapp entkommen waren, nicht bewusst? Menschen reagierten ja manchmal sehr merkwürdig. Ihnen fehlte einfach der Instinkt, um sich bei Bedrohung angemessen zu verhalten. Verständnislos schüttelte er den Kopf.

„Gino, der Geisterjäger", gluckste Tessa.

„Wohl eher der Hund von Baskerville", gab Luca zurück, „dieses Halloween werden die Leute nicht so schnell vergessen."

Aha! Halloween heißt das hier also, sagte sich Gino. Was das genau bedeutete, wusste er nicht, aber er stimmte Luca zu. Über diesen Abend würden die Leute noch lange reden.

Nachdem sich Tessa und Luca wieder gefangen hatten, gingen sie zurück ins Haus. Das Telefon klingelte bereits, als Luca die Haustür hinter sich zuzog. Für die Zweibeiner wurde es ein langer Abend. Ständig läutete das Telefon.

Gino spitzte die Ohren und hörte drohende, anklagende Stimmen aus dem kleinen Plastikknochen. Immer wieder versicherte Luca, dass Gino kein gefährlicher Kinderschreck sei und die kleinen Ungeheuer selbstverständlich nie in Gefahr gewesen waren.

* * *

Am nächsten Tag ging Tessa mit Gino durch das Dorf. Sie trug eine große Tasche bei sich und klingelte an mehreren Häusern. Immer öffneten Kinder die Tür. Tessa gab ihnen etwas aus der Tasche. Darin waren nämlich Süßigkeiten, Berge von Süßigkeiten! Aber Tessa hatte auch einen Beutel mit Hundeleckerlis dabei. Nachdem die Kinder sich ihre Schleckerei ausgesucht hatten, durften sie Gino etwas aus seiner Tüte geben.

„Nächstes Jahr gibt es an Halloween Süßes oder Saures für alle, auch für Gino", versprach Tessa.

Die Hütte im Wald

von Ines Gölß

Lorenz spielte in der Volleyballschulmannschaft der unter 14-Jährigen. Heute hatte er mit seinem Team das Halloween-Freundschaftsspiel mit 25 zu 19 gewonnen. Alle Spieler waren verkleidet gewesen. Gegen Kürbisse, Vampire, Hulks und andere gruselige Gestalten zu spielen, hatte mächtig Spaß gemacht. Den Sieg wollten sie jetzt im Umkleideraum feiern.

Doch Lorenz hatte es eilig, aus der Schule zu kommen. Auf keinen Fall durfte er Markus aus der gegnerischen Mannschaft begegnen. Der war zwei Jahre älter als er, einen Kopf größer, doppelt so stark und – das Schlimmste von allem – er war ein verdammt schlechter Verlierer. Lorenz griff nach seiner Sporttasche und stürmte, noch als Zauberer verkleidet, aus der Umkleide.

Kaum hatte er den Raum verlassen, hielt ihn jemand hinten am Kostüm fest.

Blitzschnell baute sich Markus breitbeinig vor ihm auf. Wütend funkelte er Lorenz an. „Was haben wir ausgemacht, Kleiner? Was haben wir wegen Verlieren und Gewinnen der Mannschaften vereinbart?"

Vor Angst brachte Lorenz kaum einen Ton heraus. „Äh, wir verlieren und deine Mannschaft gewinnt", flüsterte er.

Markus packte ihn so fest am Kragen, dass ihm die Luft wegblieb. Jetzt erschienen auch noch die drei Freunde von Markus und stellten sich dazu. Sie grinsten.

Ich bin den vier Schultyrannen komplett ausgeliefert. Bei dem Gedanken wurde es Lorenz ganz heiß. Keiner seiner Freunde bemerkte, was außerhalb des Umkleideraums passierte, denn sie feierten lautstark ihren Sieg über die Großen.

„Ich sage es dir zum letzten Mal. Wenn du nicht dafür sorgst, dass deine Mannschaft das nächste Mal verliert, geht es dir schlecht. Sehr schlecht."

Markus war als Vampir verkleidet und versuchte gerade, möglichst grimmig dreinzuschauen. Nur – wer hatte ihn so schlecht geschminkt? *Mann ist der Kerl hässlich*, dachte Lorenz. Ein leichtes Grinsen konnte er sich nicht verkneifen.

Aber das machte Markus noch wütender. Mit zusammengekniffenen Augen keifte er: „Du nimmst mich wohl nicht ganz ernst, du Hosenscheißer."

Dann fing er an, Lorenz zu schubsen. Seine Freunde und er stießen ihn von einem zum anderen. Schließlich packte Markus Lorenz am Arm und zog ihn hinaus vor das Schulgebäude. Es dämmerte bereits.

„Zur Strafe gehst du heute durch den Wald nach Hause", fauchte Markus.

Erschrocken sah Lorenz zu ihm auf. „A-aber, es wird doch schon dunkel", stammelte er.

„Ach, du wirst dich doch nicht etwa vor der Dunkelheit fürchten, du kleine Tussi? Wenn du dich beeilst, dann bist du bald bei deiner Mami", spottete Markus. Dabei lachte er schadenfroh und stieß Lorenz auf dem Weg zum Wald vor sich her. Am Waldrand passten Markus und seine Kumpel auf, dass Lorenz auch wirklich weiterging.

Er stolperte ein Stück in den Wald hinein, schaute dann zurück. Weil die Typen immer noch da standen, stapfte er tapfer weiter. *Was soll schon passieren?*, dachte er sich. *Schließlich nehme ich nach der Schule öfter diesen Weg.* Allerdings war es dann hell und meistens begleitete ihn sein Freund Tobias. Ihn fröstelte. In der Eile hatte er seine Jacke in der Umkleide vergessen.

Die Geräusche um ihn herum konnte Lorenz nicht zuordnen. Das machte ihn sehr nervös. Unruhig drehte er sich immer wieder um. *Ich muss einfach nur diesem Weg folgen*, überlegte er *und kurz hinter der Hütte links abbiegen, dann komme ich irgendwann nach Hause. Eigentlich kein Problem.* Nur war es mittlerweile ziemlich dunkel und kalt. Bald müsste er die halb zerfallene Hütte erreichen. Da vorne war sie auch schon! „Oh Mann", sagte er leise zu sich selbst, „die sieht in der Dämmerung noch unheimlicher aus als bei Tag."

Hier hatte er bisher noch nie eine Menschenseele zu Gesicht bekommen. Aber jetzt war die Hütte erleuchtet und aus dem Schornstein stieg Rauch auf. Fassungslos blieb er stehen. Es kam ihm so vor, als rückten die dunklen Bäume näher an ihn heran und würden nach ihm greifen. Sie flüsterten und wisperten. Wurzeln schlossen sich um seine Fußgelenke und krochen ihm langsam die Beine hoch. Ungläubig schaute er nach unten, Panik stieg in ihm auf. Genau in diesem Augenblick flog die Hüttentür auf und ein starker Luftstrom zog ihn in die Hütte hinein. *Um Himmels Willen, was passiert mit mir?* Gelähmt vor Entsetzen musste er alles mit sich geschehen lassen.

Rrrrums! Mit einem lauten Krach knallte die Tür zu. Ängstlich blickte Lorenz in die Augen eines Mannes, der von einem unheimlichen Schimmer umgeben war.

„Willkommen, mein Junge", sagte er freundlich.

Lorenz starrte ihn an. Dieser Riese konnte nur ein echter

Zauberer mit echter Zauberkraft sein.

„Wie es scheint, sind wir zwei Kollegen!", sagte der Fremde lächelnd.

„Sie haben sich wohl nicht für den heutigen Tag verkleidet, oder?", fragte Lorenz.

„Sehe ich etwa so aus?"

Noch völlig benommen schüttelte Lorenz den Kopf, löste seinen Blick von dem Mann und sah sich um. An einem Tisch saßen vier Personen. Aber das waren doch … Erschrocken schaute er wieder zu dem Zauberer.

„Findest du nicht auch, dass sie eine kleine Lektion verdient haben?", meinte der ganz ruhig.

Dort am Tisch saßen doch tatsächlich Markus und seine Freunde. Mit leeren Augen starrten sie wer weiß, wohin.

„A-aber wie sind die hierhergekommen?", fragte Lorenz, ohne seinen Blick abzuwenden.

„Ach, ich habe da so meine Tricks."

Langsam ging Lorenz zum Tisch. Ihn schauderte. „Sie sind wie versteinert. Können sie uns hören?"

„Jedes Wort", antwortete der Magier. „Wenn du willst, kannst du sie erlösen. Aber wirklich nur, wenn du willst. Falls nicht, kann ich das gut verstehen. Dann bleiben sie eben hier."

Irgendwie gefiel es Lorenz, die vier Kotzbrocken so hilflos da sitzen zu sehen. „Wie könnte ich sie denn erlösen?", fragte er vorsichtig.

„Du müsstest für jeden von ihnen ein Amulett anfertigen und zum Schluss noch eines für dich selbst."

„Aber das habe ich noch nie gemacht."

„Das ist kein Problem. Ich zeige dir, wie das geht. Aber denke gut darüber nach. Schließlich machen die Kerle euch in der Schule das Leben ziemlich schwer."

Einen kurzen Moment überlegte Lorenz. *Trotz allem*, sagte er sich, *muss ich sie erlösen*. „Was soll ich tun?", fragte er.

Lächelnd drückte ihm der Zauberer ein Stück Holz und ein Messer in die Hand. „Schau dir denjenigen, für den du das Amulett schnitzt, genau an und betrachte dann dein Holzstück. Alles Weitere wird sich wie von selbst ergeben."

Genauso machte es Lorenz. Für Markus schnitzte er eine Spirale. Für die anderen waren wie von selbst ein Auge, eine Schlange und ein Baum entstanden. Es dauerte gar nicht so lange, bis er die Amulette fertig hatte. Jetzt bekam er von dem Zauberer noch vier verschiedene Kordeln, die er an den Amuletten befestigte. Dann hängte er jedem Jungen das passende Amulett um den Hals. Als Letztes fertigte er sein eigenes an, das wie eine Sonne aussah, fädelte die Kordel durch das Loch und hängte sich die Kette um.

Aber was war das? Lorenz traute seinen Augen nicht. Die Amulette begannen von innen zu leuchten, erst schwach, dann immer heller, in einem seltsam violetten Schimmer. Bald umgab der Glanz alle Amulett-Träger.

Ganz allmählich lösten sich die vier aus ihrer Erstarrung. Sie benahmen sich so, als wären sie gerade aus einem bösen Traum erwacht und wüssten nicht, was zwischenzeitlich geschehen war.

„Kommt, lasst uns nach Hause gehen", sagte Lorenz ganz ruhig.

Als sie draußen standen, war der Glanz verschwunden. Die Hütte sah aus wie immer, halb zerfallen, einige Fensterscheiben eingeschlagen. Der Schornstein rauchte nicht mehr und im Inneren war kein Licht zu sehen.

Erstaunt blickte sich Lorenz um. *Die Zeit hat wohl still gestanden,* überlegte er. Nach all dem, was geschehen war, hätte es stockdunkel sein müssen, aber es dämmerte noch immer. Alles kam ihm unwirklich vor. Dann aber fühlte er das Amulett an seinem Hals und wusste, dass alles, was er erlebt hatte, kein Halloweenscherz gewesen war.

Markus sah Lorenz mit großen Augen an, kam auf ihn zu und umarmte ihn freundschaftlich. „Danke, danke Lorenz. Du hast uns gerettet", hauchte er, offensichtlich noch völlig benommen. Auch die anderen Jungen gaben Lorenz die Hand und bedankten sich herzlich bei ihm. Er war sich sicher, dass die vier so schnell keinen mehr ärgern würden. Er war sich aber auch sicher, dass sein Amulett ihm immer Glück bringen würde.

Halloweenschreck

von Annette Paul

Laute Kinderstimmen auf der Straße lenkten mich in meiner Konzentration ab. Dabei konnte ich mir noch eine Fünf in Mathe nicht leisten. In ein paar Monaten standen die Abiprüfungen an und bis dahin musste ich kräftig pauken. Mutter nervte mich schon seit Beginn der Oberstufe damit, dass ich wenigstens einmal in meinem Leben fleißig sein sollte. Aber ich war schon immer eine Saisonarbeiterin gewesen. Außerdem wollte ich nicht studieren und hatte auch schon einen Ausbildungsplatz als Tischlerin in der Tasche. Da sah ich nicht ein, mich zu überanstrengen. Deshalb nahm ich die Gelegenheit zu einer kleinen Pause sofort wahr, rückte die brennende Kerze zur Seite und linste aus dem Fenster.

Bei unseren Nachbarn gegenüber standen sechs kleine Ungeheuer vor der Tür und drohten mit „Süßes oder Saures". Etwas abseits warteten zwei Frauen, wahrscheinlich die Mütter, die ihren Nachwuchs bewachten. Am liebsten wäre ich sofort in mein Vampirkostüm vom letzten Fasching geschlüpft, um mich anzuschließen. Wie aufregend war es gewesen, als meine Freundinnen und ich herumgezogen waren, um Bonbons zu schnorren. Leider wurden wir irgendwann zu alt dafür.

Anscheinend waren Schneiders die Letzten gewesen, bevor die Kleinen ins Bett mussten, denn zu uns kamen sie nicht mehr. Dabei hatte Mutter einen großen Korb mit Süßigkeiten in den Flur gestellt. Dass es bei uns immer reichlich Leckereien gab, hatte sich längst in der Nachbarschaft herumgesprochen. Mutter ließ sich nicht lumpen.

Widerwillig setzte ich mich wieder vor mein Mathebuch und versuchte zu begreifen, was dort stand. Wäre es Chinesisch gewesen, hätte ich genauso wenig kapiert. Als es klingelte, machte ich mich sofort auf den Weg nach unten, ergriff den Korb mit den Süßigkeiten und ging zur Haustür. Ich erwartete eine Horde kleiner Gruselgestalten, die schüchtern oder frech, je nachdem, kichernd ihren Spruch aufsagten und gierig nach den Bonbons langten.

Kurz vor der Haustür beschlich mich ein beklemmendes Gefühl. Eine innere Stimme warnte mich, weiterzugehen. Beunruhigt blieb ich stehen und überlegte. Sollte ich wirklich öffnen? Immerhin war ich allein im Haus. Aber das konnte ich doch den Kindern nicht antun. Mir fiel allerdings noch etwas auf: Warum war der Bewegungsmelder nicht angegangen? Die Kinder standen im Dunkeln. Seltsam war auch, dass ich keine

Stimmen hörte, obwohl ich angestrengt lauschte. Sicher wollten sie mich erschrecken.

Ich schaltete das Außenlicht an – ohne Erfolg. Noch immer blieb es dunkel. Ob die Birne kaputt war? Jetzt erlosch auch noch das Flurlicht. Ein Schauer lief über meinen Rücken. „Stell dich nicht so an, du siehst zu viele Horrorfilme", sagte ich laut zu mir selbst und öffnete die Tür.

Vor mir standen zwei Gespenster, die täuschend echt wirkten. Allerdings trugen sie merkwürdige Kostüme, nicht weiß wie üblich, sondern schwarz, und sie leuchteten giftgrün von innen heraus. Wie hatten die das hinbekommen? Müssten nicht einzelne Lampen zu sehen sein? Noch dazu schwiegen die beiden.

„Wollt ihr Süßigkeiten?" Weil meine Stimme belegt war, brachte ich nur ein heiseres Krächzen heraus. Erst als ich mich räusperte und meine Frage wiederholte, war ich zu verstehen. Die beiden reagierten nicht. Waren das wirklich Kinder? Sie erschienen mir ziemlich groß. „Was wollt ihr?", fragte ich und hielt ihnen den Korb hin.

Als das vordere Gespenst einen Schritt auf mich zutrat, wehte ein kalter Luftzug zu mir herüber. Um nicht wegzurücken, musste ich mich zusammenreißen. Langsam griff es in den

Korb. Sofort leuchtete er genauso giftgrün wie die beiden Gestalten. Doch der Typ zog nichts heraus, sondern griff durch das Weidengeflecht hindurch. Mir blieb die Luft weg und meine Nackenhaare stellten sich zu Berge. Irgendetwas zwang mich, in sein Gesicht zu schauen oder besser gesagt dorthin, wo man es vermutet hätte. Aber da gab es kein Gesicht – nur einen Totenschädel, der von innen rot glühte. Nein, das war keine Maske. In dem Rot erkannte ich deutlich Knochen und Hohlräume. Voller Angst und Entsetzen ließ ich den Korb fallen. Ich war nicht in der Lage, um Hilfe zu rufen. Zitternd presste ich mich an die Wand. Im letzten Augenblick fasste ich mich so weit, dass ich die Tür zuschlug.

Doch es half nichts. Das Gespenst schritt durch die geschlossene Tür und stand wieder vor mir. Ich spürte, wie mir Tränen die Wangen hinabrannen. Sie tropften auf mein T-Shirt. Einige Male atmete ich hastig ein und aus. Dann riss ich mich zusammen und flüchtete die Treppe hinauf. Allerdings kam ich nicht weit. Unterwegs holte mich mein Verfolger ein und – lief einfach durch mich hindurch. Ich fühlte mich, als wäre ich im Schleudergang der Waschmaschine gelandet. Mir wurde übel und schwindelig. Deshalb verfehlte ich eine Stufe und knickte mit dem Fuß um. Brennender Schmerz machte mir klar, dass ich noch lebte und hellwach war. Wo sollte ich bloß hin? Ein rascher Blick nach unten zeigte mir, dass das zweite Gespenst mir jetzt ebenfalls folgte.

Ich versuchte zu rufen. Zuerst bekam ich keinen Ton heraus, aber dann kreischte ich gellend. Anscheinend war ich bis zu unseren Nachbarn durchgedrungen, denn gleich darauf hörte ich Stimmen und Schritte auf der Treppe der anderen Doppelhaushälfte. Die beiden Gespenster musterten mich von zwei Seiten wie Forscher, die eine neuentdeckte Tierart beobachten.

„Hilfe, Hilfe, Feuer!", schrie ich. Langsam arbeiteten meine grauen Zellen wieder und mir war eingefallen, dass man in Not lieber „Feuer" anstatt „Hilfe" rufen sollte.

„Wir kommen!", dröhnte Ingos tiefe Stimme.

Sofort wurde ich ruhiger. Und mir kam eine Idee. Feuer! Wo hatte ich das Feuerzeug gelassen, nachdem ich vorhin die Kerze angezündet hatte? Ich griff in meine Hosentasche und zog es heraus. Ob Feuer auf Gespenster abschreckend wirkte? Nervös versuchte ich, dem blöden Ding eine Flamme zu entlocken. Erst nach einer gefühlten Ewigkeit und bestimmt dem tausendsten Versuch schoss eine große Stichflamme in Richtung des Gespenstes auf den unteren Stufen. Klar, meine

Freundin hatte daran herumgespielt, damit wir die Kerzen besser anzünden konnten. Tatsächlich, der Dämon machte einen Schritt rückwärts und auch der andere Geist auf der Treppe über mir wich der Flamme aus.

Mutiger geworden humpelte ich die Treppe hinunter, das Gespenst immer vor mir hertreibend. Schon hörte ich den Schlüssel im Schloss und in der Ferne ein Martinshorn. Ich scheuchte das Gespenst durch die Tür hinaus, ohne Rücksicht auf Ingo zu nehmen, der im Weg stand. Als Nächstes hörte ich ihn aufschreien. Anschließend kreischte Ellen in den höchsten Tönen.

„Los, raus!", fauchte ich das zweite Ungeheuer an, das mir gefolgt war. Ich senkte die Hand mit dem Feuerzeug, sodass es an mir vorbei konnte. Jetzt, wo ich etwas gefasster war, bemerkte ich, dass es gar nicht lief, sondern über dem Boden schwebte. Mit dem brennenden Feuerzeug folgte ich zur offenen Tür. Ingo sprang im letzten Augenblick zur Seite, damit nicht ein zweites Mal ein Gespenst seinen Körper passierte.

Autos hielten vor unserem Haus, Autotüren klappten auf und zu. „Was soll der Unsinn?", rief ein Mann. Dann schrie ein weiterer Kerl auf. Als ich zur Tür hinaustrat, konnte ich gerade noch sehen, wie der zweite Dämon durch einen Feuerwehrmann hindurchschwebte. Anschließend glitten beide Geister durch das große, schwere Löschfahrzeug.

„Geht es dir gut, Sophie?", fragte Ellen besorgt.

Ich nickte. Nur mein Fuß schmerzte heftig.

Hinter dem Löschfahrzeug bremste Mutters Wagen. „Sophie, was hast du wieder angestellt?", fragte sie in scharfem Ton, sobald sie ausgestiegen war.

„Nichts, aber nie wieder Halloween!", stöhnte ich und überließ es Ingo, von den Gespenstern zu erzählen.

Nachts

von Sandra Bollenbacher

Du wachst auf.

Es ist mitten in der Nacht und du hattest einen Albtraum. An den Traum kannst du dich nicht mehr erinnern, doch dein Puls rast. Dein T- Shirt ist klamm von kaltem Schweiß, dein Körper ganz steif und deine Muskeln sind verkrampft.

Du hast Angst.

Um das Gefühl loszuwerden und weiterzuschlafen, drehst du dich auf die andere Seite, doch du spürst den großen, dunklen Raum in deinem Rücken. Die Stille drückt gegen dein Ohr. Du traust dich nicht, dich zu bewegen, denn das Knistern der Bettdecke hallt wie Donnerschläge durch die Nacht.

Dann hörst du deinen Herzschlag.

Dann gluckert die Heizung.

Plötzlich erscheinen Bilder vor deinem inneren Auge. Traumfetzen drängen sich zurück in deine Erinnerung. Ein nasskalter, dunkler Wald. Kahle Laubbäume zwischen schwarzen Tannen. Rot leuchtende, körperlose Augen in der Finsternis, die dich beobachten, verfolgen. Heißer, rasselnder Atem an deinem rechten Ohr.

Vielleicht hättest du auf deine Mutter hören und nicht noch so spät etwas essen sollen, dann könntest du jetzt besser schlafen. Doch verursachen Kartoffelchips nach neun Uhr abends wirklich Albträume und Schlaflosigkeit? Möglicherweise liegt dir auch die deftige Sahnesoße vom Abendessen schwer im Magen.

Du spürst die Dunkelheit des Zimmers näher rücken. Deine Augen suchen die schwach leuchtenden Ziffern des Weckers auf deinem Nachttisch – 2:37. In etwas weniger als vier Stunden musst du aufstehen, denn es ist Mittwoch und du hast um acht Uhr Schule. In der ersten Stunde schreibt ihr eine Klassenarbeit in Mathematik. Los, schlaf wieder ein!

Die Dunkelheit streckt ihre kalten Finger aus und kitzelt deinen Nacken. Du ziehst dir die Bettdecke über den Kopf und verkriechst dich unter dem schützenden Zelt. Jeder weiß, dass Monster, Nachtmahre und Poltergeister dir nichts anhaben können, wenn du dich unter der Bettdecke versteckst. Die Baumwolle und die Daunenfedern bestehen aus undurchdringlichem Stahl, der wie das negative Ende eines starken Magneten alles Böse abstößt und von dir fernhält. Du bist sicher. Doch unter der Bettdecke wird es dir schnell zu heiß. Du öffnest einen kleinen Spalt vor deiner Nase, um frische Luft hereinzulassen. Sofort kriecht die Dunkelheit herein und krabbelt über dein Gesicht wie eine Horde bissiger Ameisen.

Schnaubend ziehst du die Bettdecke nach unten. Immerhin bist du kein kleines Kind mehr. Du hast keine Angst. Du bist zu Hause in deinem Zimmer; Türen und Fenster sind verschlossen. So etwas wie Geister oder Monster gibt es nicht.

Doch du bist alleine. Das Schlafzimmer deiner Eltern ist gefühlt kilometerweit entfernt: ein Stockwerk tiefer, am anderen Ende des Flurs.

Und es ist Nacht – 2:49.

Langsam drehst du dich auf die andere Seite und starrst mutig in das undurchdringliche Schwarz. Die Heizung hat aufgehört zu gluckern. Stattdessen hörst du ein leises Klopfen.

Oder Knarren.

Oder Kratzen.

Vielleicht die Holzbalken, die sich ausdehnen und zusammenziehen? Nein, das machen sie nur im Sommer. Jetzt ist Oktober. Vielleicht eure Katze, die in dein Zimmer will? Nein, du hast sie am Abend selbst in den Garten gelassen.

Deine Hand tastet nach dem Schalter der Nachttischlampe, doch noch während du ihn drückst, erinnerst du dich, dass die

Glühbirne vor zwei Tagen ausgebrannt ist. Dein Vater hat sie noch immer nicht gewechselt. Du könntest aufstehen, zur Tür gehen und die große Deckenlampe anschalten. Doch der tagsüber grüne Teppich scheint verschwunden. Stattdessen erstreckt sich ein pechschwarzer, zweieinhalb Meter breiter, bodenloser Abgrund zwischen deinem Bett und dem Lichtschalter.

Du redest dir gut zu – es ist nur der Teppich. Dennoch bewegen sich deine Beine keinen Millimeter.

Du fühlst bereits die kalte, schleimige Hand, die unter deinem Bett hervorschnellen und nach deinem Knöchel greifen wird, sobald du einen Fuß auf den Boden setzt.

Also suchen deine Finger nach deinem Handy. Mit einem Fingernagel bekommst du den Rand zu fassen und ziehst das flache Gerät vom Nachttisch, doch es gleitet dir aus der Hand und fällt lautlos auf den Boden.

Eine bange Minute liegst du regungslos da, dann reißt du dich zusammen und tastest schnell nach dem Smartphone. Die Luft am Fußboden ist eisig, etwas kitzelt deinen Handrücken. Nach kurzem Suchen findest du zum Glück das Handy. Schnell ziehst du deinen Arm zurück ins sichere Bett.

Der schwache Schein des Displays wirft ein diffuses, kaltes

Licht in den Raum. Hohe, kantige Möbel werden sichtbar und dreimal so viele Schatten. Alles ist grau, als hätte jemand die Farben aus der Welt gesaugt, selbst aus dem großen, bunten Poster über dem Bücherregal. Nur ein geisterhafter blauer Schimmer bleibt zurück. Vielleicht ist Blau am schwersten zu verdauen? Waren das die langen oder die kurzen Wellenlängen?

Wieder das Klopfen, wie auf Glas. Du leuchtest mit dem Display zum Fenster. Etwas blitzt auf und du erschrickst. Nur die Spiegelung deines Handys. In der dunklen Fensterscheibe wird dein gesamtes Zimmer sichtbar. In einer durchsichtigen Parallelwelt schwebt es über dem Garten. Wie anders alles aussieht! Viel größer. Unbekannt. Was ist das für ein riesiges, schwarzes Gebilde direkt hinter deinem Bett? Es reicht fast bis zur Decke. Der Staubsauger, über dessen Schlauch du eine Hose geworfen hast? Der Schreibtischstuhl? Dein Bademantel, der am Kleiderschrank hängt? Oder einfach nur ein Schatten? Es bewegt sich, wiegt sich langsam vor und zurück, beugt sich über dein Bett.

Dein Herz überschlägt sich, will sich durch deinen Hals kämpfen. Eiskalte Schauer laufen deinen Rücken hinunter und du zitterst. Mit aller Mühe löst du deinen Blick von der spiegelnden Scheibe und drehst dich um.

Du schreist.

Nichts. Der Raum ist leer. Weder ein Vampir mit flatterndem Umhang noch ein Monster aus Rauch und Schatten beugt sich über dein Bett, um dich zu fressen.

Eine Sekunde lang bist du beruhigt, doch dann siehst du es wieder, im Augenwinkel, im Fenster. Du kneifst beide Augen fest zu und beißt auf die Innenseite deiner Wangen.

Eins.

Zwei.

Drei.

Aufrecht im Bett sitzend starrst du zum Fenster. Nun kannst du es ganz deutlich erkennen: turmhoch, so breit wie ein Auto, von der Spitze bis zum Boden in schwarzes Grün gekleidet und bedrohlich im Wind hin und her wiegend. Vor dem dunklen Nachthimmel zeichnet sie sich nun deutlich ab – die alte Tanne am Ende des Gartens.

Jetzt kannst du nicht anders, als zu lachen. Erleichterung strömt wohlig kribbelnd durch deinen Körper und mit einem Mal ist es viel wärmer in deinem Zimmer. Du fühlst dich sicher und geborgen.

Müde gähnend legst du dich wieder hin, als eilige Schritte den

Flur entlangpoltern und deine Zimmertür aufgerissen wird. Im hell erleuchteten Türrahmen steht deine Mutter und fragt dich besorgt, ob alles in Ordnung ist, denn sie hat dich schreien gehört.

Schnell versicherst du ihr, dass du nur einen Albtraum hattest. Dabei hoffst du, dass sie in der Dunkelheit dein Gesicht nur undeutlich sieht und nicht bemerkt, wie peinlich dir das alles ist.

Dann bist du wieder alleine und die Müdigkeit übermannt dich.

Nie war dein Kissen so weich und deine Decke so kuschelig.

Leise gluckert die Heizung.

Wie gemütlich!

Du schläfst ein.

Ein Missverständnis mit Folgen

von Annika Bützler

„Diese miese kleine Hexe, was hat sie nun wieder angerichtet?", schimpfte Abrox laut. Wütend blickte der Zauberer in den Spiegel und stampfte mit dem Fuß auf. „Dieses freche Ding hat wirklich nichts als Unsinn im Kopf."

* * *

In der Zwischenzeit lachte sich Wanda Wirbelwind in ihrem Hexenhäuschen krumm und schief. „Hihi, da habe ich dem alten Abrox aber eine schöne Frisur verpasst", kicherte sie. Mit Vergnügen betrachtete Wanda die langen, grünen Haare, verziert mit bunten Blumen und Schleifen, die sie dem Zauberer angehext hatte. In ihrer schillernden Hexenkugel konnte sie alles ganz genau erkennen. „Daran bist du selbst schuld", sagte sie trotzig zur Kugel, geradeso als säße Abrox direkt vor ihr. „Warum musst du auch immer so fies zu mir sein?"

Eigentlich war Wanda eine ganz liebe Hexe, aber sie konnte es überhaupt nicht leiden, wenn sich jemand so unfreundlich verhielt. Immer hatte Abrox etwas an ihr auszusetzen. Er warf ihr zum Beispiel an einem Tag vor, dass sie ständig viel zu schnell oder zu tief an seinem Fenster vorbeifliegen würde. An einem anderen Tag schimpfte er mit ihr, weil sie angeblich zu laut ihre Hexensprüche aufsagte. Eines Tages – und das war nun wirklich der Gipfel gewesen – hatte er sogar erklärt, dass sie ja gar nicht richtig hexen könnte. Damit war für Wanda das Maß endgültig voll gewesen und sie hatte beschlossen, den Zauberer einmal so richtig zu ärgern.

„Wenn der feine Herr Zauberer meint, dass ich nicht richtig hexen kann, dann werde ich ihn gerne eines Besseren belehren", erklärte sie fröhlich der Hexenkugel. Sie sah den wütenden Zauberer nicht nur darin, sondern hörte ihn auch in seinem Turm toben. Weil er dermaßen brüllte, hatte sie schon Sorge, dass das Mauerwerk nicht standhalten würde.

„Diese. Miese. Kleine. Hexe …!", dröhnte es vom Turm herüber.

* * *

„Na warte, wer zuletzt lacht, lacht am besten!", schrie Abrox und schnaufte dabei durch die Nase. Angestrengt überlegte er, wie er sich an Wanda rächen könnte. „Ich zaubere ihr eine Hakennase oder Entenfüße", sinnierte er vor sich hin. „Nein, es muss etwas ganz Gemeines sein. Sonst hört das freche Ding ja nie auf, mir diese unsäglichen Streiche zu spielen." Er legte seine Finger an den Zauberhut und tippte darauf herum. „Haha, ich weiß was! Na, die wird sich noch wundern." Eifrig rieb er sich die Hände. „Morgen ist Halloween und damit der perfekte Tag, um Wanda eine *wunderbare Überraschung* zu bereiten." Dann blätterte er hochkonzentriert in seinem dicken Zauberbuch.

Als Abrox endlich den passenden Zauberspruch fand, war es bereits dunkel geworden. Äußerst zufrieden löschte er das Licht.

* * *

Am nächsten Morgen war es dann soweit! Während Wanda noch in aller Seelenruhe schlief, machte sich Abrox auf den Weg zu ihr. Am Hexenhäuschen angekommen schaute er zuerst vorsichtig durch das schiefe Fenster.

„Wunderbar, sie ist noch im Land der Träume unterwegs", flüsterte er vor sich hin und verkniff sich ein Lachen. „Gleich werde ich sie das Gruseln lehren." Hämisch grinsend griff er nach seinem Zauberstab. „Abrakadabra, herbei ihr kleinen, schleimigen Kröten, zackzack", sprach er mit tiefer Stimme. Dabei berührte er ganz leicht die Fensterbank mit dem Zauberstab. Es zischte leise und Dampf stieg auf. Abrox pustete über die Fensterbank, sodass sich der Dampf verzog.

Vor seiner Nase sprangen viele winzig kleine Kröten fröhlich umher. Dabei hinterließen sie Schleimspuren. Angewidert verzog Abrox das Gesicht und stieß mit dem Zauberstab das Fenster ein Stück weit auf. Eine Kröte nach der anderen hopste über das Sims in Wandas Schlafzimmer.

Damit wäre der erste Teil erledigt, dachte er zufrieden. Ein zweites Mal hob er den Zauberstab in die Luft und wedelte damit durch das offene Fenster in den Raum hinein.

„Simsalabim, über dem Bett hängt ein Eimer voll mit Wasser, blingbling", brummte er.

Wieder zischte es leise und Dampf stieg auf. Als der Dunst sich verzogen hatte, schwebte ein großer Kessel über Wandas Bett. Zufrieden lachte Abrox in sich hinein. Er wusste, dass der Kessel randvoll mit Wasser gefüllt war.

„Das wird ein Spaß", sagte er zu sich.

Dann versteckte er sich hinter dem Baum, der vor Wandas Fenster stand. So konnte er aus sicherer Entfernung beobachten, was passieren würde.

* * *

Wanda bemerkte, dass etwas an ihrer Bettdecke zupfte. Sie gähnte herzhaft und versuchte, die müden Augen zu öffnen. „Jetzt einen ordentlich starken Hexenkaffee zum Wachwerden", gähnte sie. Dann aber wunderte sie sich. Was saß denn da auf ihrer Bettdecke?

„Quak, quak", tönte es vom Bettende.

Wanda richtete sich etwas auf. Mit großen Augen starrte sie ungläubig auf ihr Bett. Viele winzig kleine Kröten hüpften umher und – hinterließen dabei Schleimspuren.

„Igitt, ich hasse Kröten", kreischte sie und schleuderte ihre Decke weit von sich.

Dabei purzelten die Kröten alle auf den Boden und sprangen nun durch das Schlafzimmer. Kerzengrade im Bett sitzend wagte Wanda nicht, sich zu bewegen. Eine der Kröten sprang ihr direkt vor die Füße.

„Wuah!", schrie sie vor Schreck so laut, dass die schiefen Wände des Hexenhäuschens bedrohlich wackelten. Hastig stand sie auf. Dabei stieß sie mit ihrem Kopf gegen den Wasserkessel. Der kippte und sein Inhalt ergoss sich über sie. Triefend nass stand sie in ihrem Bett, sah entsetzt zu, wie rundherum das Wasser von der Bettkante tropfte und die winzig kleinen Kröten fröhlich in die Pfützen sprangen. Ganz allmählich ließ ihr Entsetzen nach und sie wurde zornig. „Das war doch bestimmt Abrox! Na, der kann vielleicht etwas erleben!", tobte sie wutenbrannt. Schnell suchte sie sich ein paar trockene Sachen zusammen, setzte sich flugs ihren Hexenhut auf und griff nach dem Besen. Jetzt war sie zum Abflug bereit.

Was sie jedoch nicht ahnte, war, dass der Zauberer noch einen weiteren Streich für sie bereithielt.

* * *

Draußen hinter dem Baum stand Abrox und lauschte. Bei Wandas Aufschrei kicherte er in sich hinein, hielt sich dabei die Hände vor den Mund, um nicht lauthals zu lachen.

„Abrakadabra, lauter Federn kleben an deinem Kleid, husch husch", rief er laut.

Das war einer seiner Lieblingszaubersprüche. Jetzt gab es auch keinen Grund mehr, leise zu sein. Vergnügt beobachtete er, was im Zimmer geschah. Unzählige weiße Federn fielen auf die kleine Hexe. Fassungslos blickte Wanda an sich hinunter und schüttelte sich. Aber die Federn wurde sie nicht mehr los, egal wie wütend sie mit den Füßen aufstampfte.

Abrox amüsierte sich köstlich, als Wanda schließlich losbrüllte: „Du elender Zauberer, wenn ich dich in die Finger bekomme! Ich fliege dir bis ans Ende der Welt hinterher. Du hast dich mit der falschen Hexe angelegt."

Wie empört sie war, konnte er ganz deutlich sehen.

„Komm und zeig dich endlich, Zauberer Abrox! Ich weiß, dass du das hier alles verursacht hast." Wandas Stimme überschlug sich.

Einen Moment zögerte er noch, trat dann aber aus seinem Versteck hervor. „Ja, das hast du nun davon, du fiese Hexe." Von oben bis unten musterte er sie.

„Was willst du mir damit sagen?", fragte sie in einem barschen Ton. „Du bist doch derjenige, der sich ständig über alles aufregt und dabei so unfreundlich ist", fuhr sie entrüstet fort.

Da horchte Abrox auf. Was sagte sie da? Jetzt hörte er ihr aufmerksam zu.

„Mal fliege ich zu tief, mal zu schnell, mal hexe ich zu laut", zählte Wanda auf.

Erstaunt schaute Abrox sie an. Langsam dämmerte ihm etwas. Ihm wurde klar, dass Wanda das alles gar nicht mit böser Absicht gemacht hatte. Jetzt schämte er sich dafür, dass er ihr so zugesetzt hatte. „Es tut mir leid, ich habe wohl einen Fehler gemacht, kleine Wanda", sagte er schließlich mit milder Stimme. „Bisher glaubte ich, dass du das alles absichtlich machst. Ich dachte stets, du wolltest mich bloß ärgern. Jetzt sehe ich, dass dem nicht so ist. Für meine Streiche möchte ich mich aufrichtig bei dir entschuldigen."

Wanda holte tief Luft. „Gut, ich nehme deine Entschuldigung an", sagte sie freundlich. „Allerdings brauche ich nach dem Schreck dringend meinen Hexenkaffee." Dann fügte sie schnell hinzu: „Möchtest du auch eine Tasse?"

„Sehr gerne, doch zunächst bringe ich alles wieder in Ordnung", erklärte Abrox. „Abrakadabra, Simsalabim, heute ist Halloween und nichts ist geschehen, tipptopp."

Im Raum zischte und dampfte es. Als der Nebel sich verzogen hatte, waren weder Kröten noch Pfützen zu sehen. Das Schlafzimmer blitzte vor Sauberkeit wie noch nie.

Daraufhin setzten sich Wanda und Abrox draußen auf eine Bank, tranken aus ihren Tassen aromatischen Hexenkaffee und ließen sich die Sonne auf ihre Zauberhüte scheinen.

Happy Halloween

von Sarah Drews

Das kehlige Knurren des Werwolfs zerfetzte die nächtliche Stille. Mit großen Sprüngen fegte er durch den verschneiten Wald. Nur einen Moment hielt er inne, um seine Beute zu wittern, als die Spuren abrupt endeten. Ein Blick nach oben verriet ihm, dass sich sein Opfer in dem Baum versteckt hielt. Beinahe leichtfüßig sprang er nach oben.

* * *

„Ahhh …" Ihr Schrei hallte durch das ganze Haus. Als der Werwolf mit seiner Pranke den Jungen erfasste, zuckte Emily zusammen. Zitternd griff sie nach dem Kissen neben sich und versuchte, sich dahinter zu verstecken. Kurz lugte sie hervor, doch der Anblick des fressenden Werwolfs sorgte dafür, dass sie sich gleich wieder duckte.

„Oh Mann, du bist so ein Schisshase, Em!" Mike neben ihr lachte.

Passend zu Halloween schauten sich die zwölfjährigen Zwillinge nach ihrer Süßes-sonst-gibt's-Saures-Tour in Mikes Zimmer alte Horrorfilme an, natürlich heimlich, denn ihre Eltern hatten es strikt verboten. Der Zeitpunkt war günstig, denn Mom und Dad waren bei Tante Susie auf eine

Halloweenparty eingeladen. „Ich bin *kein* Schisshase", fauchte Emily wütend und bewarf ihren Bruder mit einer Handvoll Popcorn.

„Nein? Und warum kreischst du wie ein Schwein, das zur Schlachtbank geführt wird?" Mikes Stimme klang schadenfroh.

„Damit niemand dein ängstliches Wimmern hört, du Idiot", antwortete sie und rammte ihm mit einem Augenzwinkern den Ellenbogen in die Seite. „Weißt du, wann Mom und Dad nach Hause kommen?"

Mike schüttelte den Kopf. „Aber einen Film schaffen wir mit Sicherheit noch. Außerdem hören wir doch das Auto in der Einfahrt und können schnell ins Bett flitzen", antwortete er mit einem Blick auf die Uhr über dem Schreibtisch. „Wie wäre es mit *Sharknado* oder *Nightmare On Elm Street?*"

„Ich bin für Freddy Krüger!" Erwartungsvoll lehnte Emily sich zurück. Gespannt verfolgte sie die ersten Szenen. Es dauerte aber nicht lange, bis sie sich die Augen zuhielt. Erstaunt blinzelte sie, als Mike aufstand und zum Fenster ging.

„Ich dachte, ich hätte was gehört!", erklärte er.

Just in dem Moment wurde es stockfinster. Kein flackernder Fernseher und keine Lampe mehr. Nur das fahle Mondlicht drang ins Zimmer.

Erschrocken kreischte Emily auf. „Mach sofort wieder das Licht an", befahl sie ihrem Bruder, nachdem sich ihr Herzschlag einigermaßen normalisiert hatte.

„Em, ich hab' nichts gemacht." Abwehrend hob Mike die Hände. „Ich schätze, der Strom ist ausgefallen." Wieder sah er aus dem Fenster. „Komisch, bei den Gregs brennt noch Licht und bei den Millers auch."

In diesem Moment drang ein Geräusch durch die geschlossene Zimmertür – das Quietschen der Kellertür.

„Meinst du, das sind Mom und Dad?", fragte Emily. Sie hörte selbst, wie brüchig ihre Stimme klang.

„Dafür ist es eigentlich zu früh."

Ein Klicken war von unten zu hören, so als hätte jemand eine Tür leise geschlossen.

Ängstlich schaute Emily ihren Bruder an. „Geh du gucken", hauchte sie.

„Guck doch selbst."

Zitternd stand Emily auf, ging mit zögernden Schritten zur Zimmertür, öffnete sie leise und lauschte. Totenstille. Da – eine Treppenstufe knarrte. Panisch blickte sie über die Schulter zu Mike. Der stand wie versteinert am Fenster. „Mom? Dad?", rief sie zaghaft in die Dunkelheit. Keine Antwort. Noch einmal probierte sie es, diesmal etwas lauter. Noch immer keine Antwort.

„Irgendwer ist im Haus. Wir sollten die Polizei rufen", raunte Mike ihr zu. „Stand nicht gestern was in der Zeitung über Einbrecher?"

„Du meinst …?"

Ihr Bruder nickte unsicher. So sachte wie möglich schloss Emily die Tür.

Mit zwei Schritten war Mike am Telefon. Hektisch drückte er auf die Knöpfe, klopfte dann gegen den Hörer. „Verflucht. Kein Freizeichen."

„Und nun?" Emilys Knie wurden weich.

„Was weiß ich? Verstecken?" Mike klang hilflos. Keine Sekunde später rannte er zum Schrank und öffnete ihn.

„Im Schrank suchen sie doch immer als Erstes", zischte Emily aufgebracht und lief zum Bett.

„Unterm Bett schauen sie auch immer nach, du Klugscheißerin?"

„Wo sollen wir denn hin?" Verzweifelt drehte sich Emily im Kreis, suchte krampfhaft nach einem guten Versteck. Schrank, Schreibtisch, Sofa, Bett, Badezimmer – da war nichts, absolut nichts, wo sie sicher wären. Ihr Herz klopfte inzwischen bis zum Hals und ihr wurde übel. Jetzt hörte sie ein leises Husten. Wer auch immer sich im Haus befand – dieser Jemand war bereits im Obergeschoss. Ohne weiter zu überlegen, kroch sie unter das Bett. Mit angezogenen Knien lag sie dort wie ein Baby.

„Mach Platz", fauchte ihr Bruder und drängte sie unsanft an die Wand.

Angstvoll drückte sie sich an Mike. Das Knarren einer losen Diele im Flur ließ sie erstarren. Die Hand ihres Bruders presste sich sogleich auf ihren Mund. Gerade noch rechtzeitig, um den Schrei zu verhindern. *Ein Glück, dass Mike mich so gut kennt*, dachte sie.

Im Flur, nicht weit entfernt von Mikes Zimmer, wurde eine Tür geöffnet und gleich darauf wieder geschlossen – so als suchte jemand etwas. Als Nächstes ging die Tür von Emilys Zimmer auf. Diesmal dauerte es länger, bis sie wieder zugeschlagen wurde. Dann stoppten die Schritte vor Mikes Tür.

Emily hielt die Luft an. Nichts passierte. „Meinst du, er ist weg?", fragte sie leise.

Mike schüttelte den Kopf. Die Bewegung konnte sie gerade so erkennen.

In diesem Moment wurde die Tür aufgestoßen. Jemand betrat

das Zimmer. Dieser Jemand trug schwarze, glänzende Schuhe. Schritt für Schritt durchquerte er den Raum.

Emily schluckte hart. In ihren Ohren klang es viel zu laut. *Das hat der Eindringling gehört*, fuhr es ihr durch den Kopf.

Allerdings liefen die Schuhe in Richtung Schrank. Mit einem Ruck wurden dessen Türen aufgerissen. Innerlich stöhnte Emily entsetzt auf. Nicht mehr lange, dann würde der Unbekannte sie unter dem Bett entdecken.

Mike drückte seine Hand fester auf ihren Mund und schob sie mit seinem Körper näher an die Wand. Mit einem unheilvollen Klicken fiel die Schranktür ins Schloss. Die Schuhe drehten, schlurften zum Bett, blieben stehen.

Inzwischen war Emily kurz vor der Ohnmacht. Blut rauschte in ihren Ohren, weiße Flecken tanzten vor ihren Augen. Ihr Herz schlug so schnell, dass sie Angst hatte, es würde gleich zerspringen. Jetzt bewegte sich die Bettdecke. Deutlich sah Emily die blitzenden Klingen, die anstelle von Fingern die Decke anhoben. Ein Schatten bewegte sich. Dann fiel die Decke wieder nach unten. Die Schuhe wandten sich ab. Hoffnung breitete sich in ihr aus. Vielleicht hatte er sie nicht entdeckt. Ihr Atem wurde mit jedem Schritt der Schuhe in Richtung Tür ein wenig ruhiger.

Und dann geschah alles blitzschnell. Ihr blieb keine Zeit, zu schreien oder ihren Bruder zu warnen, der von seiner Position aus weniger sehen konnte als sie. Innerhalb einer Sekunde standen die Schuhe wieder vor dem Bett. Eine Hand schnellte vor, packte Mikes Pullover und zerrte ihn unter dem Bett hervor.

Emily hörte eine Stimme. Schrill überschlug sich der Schrei. Es dauerte, bis sie merkte, dass sie selbst schrie. Verzweifelt befahl sie sich, aufzuhören. Im nächsten Moment packte die Hand ihr Bein und zerrte sie heraus. Mike strampelte im festen Griff des Mannes. Eine entstellte Fratze grinste höhnisch, doch Emily konnte nur auf das Schlachtermesser in der Hand des Mannes starren. Es war die Hand, mit der er Mike hielt. Blutig war es, genauso wie die Schürze, die der Schlächter trug.

Mit wild pochendem Herzen blickte sie vom Boden nach oben. Mikes Gesicht hatte sämtliche Farbe verloren. Nach Leibeskräften schlug und trat er um sich, aber es gelang ihm nicht, sich zu befreien.

Emily konnte ihm nicht helfen. „Bitte, tun sie uns nichts", flehte sie mit Tränen erstickter, zittriger Stimme. „Nehmen sie alles. Ich zeige Ihnen, wo das Geld und der Schmuck sind. Nur bitte – tun sie uns nichts."

Endlich ließ der Mann Emilys Bein los, aber nur, um mit dieser Hand das Schlachtermesser zu ergreifen. Er hob es hoch über seinen Kopf. Ein unheimliches Lachen, tief und böse, erfüllte den Raum. In der nächsten Sekunde ging das Licht an. Sie hatten wieder Strom, aber was nützte das?

Automatisch schloss Emily die Augen, hörte nur den kurzen, erstickten Schrei ihres Bruders und machte sich auf das Schlimmste gefasst. Als nichts geschah, öffnete sie die Augen wieder, ganz zaghaft. Der Mann war verschwunden, so als wäre er nie da gewesen. Doch an der Stelle, wo er eben noch gestanden hatte, glänzte etwas Rotes. Das blutige Schlachtermesser.

Voller Panik krabbelte Emily zu ihrem Bruder und drängte sich eng an ihn. „Was …?. Wo …?", brachte sie stotternd hervor.

„Ich hab' keine Ahnung", hauchte Mike.

Da – ein Geräusch. Emily rutschte noch näher an ihren Bruder heran und krallte sich an ihm fest.

„Ein Auto fährt auf den Hof", rief Mike, sprang auf und lief zum Fenster. „Mom und Dad sind zurück!"

Emily rappelte sich auf und rannte nach unten. Vor Angst zitterten ihre Beine.

* * *

„Mom, Dad!" Mit klopfendem Herzen stürzte sie sich in die Arme ihrer Mutter, die gerade zur Haustür hereinkam. „Das Licht …", stammelte Emily. „ Und dann war da …"

Mike, der ihr gefolgt war, unterbrach sie. „Da war ein Typ im Haus. Er hatte ein riesiges, blutiges Messer. Vielleicht ist er immer noch hier." Seine Stimme überschlug sich. So hatte Emily ihren coolen Bruder noch nie erlebt. „Dad, du musst die Polizei rufen. *Sofort!*"

Ihr Vater schaute erst zu Emily, dann zu Mike. Man sah ihm an, dass er nicht wusste, was er davon halten sollte.

„Es stimmt, Dad", stieß Emily atemlos hervor.

Ihr Vater atmete tief durch. „Okay! Liebling, du bleibst hier", sagte er zu seiner Frau. „Wähl schon mal den Notruf. Ich gucke mich um." Dann schnappte er sich den Baseballschläger, der neben dem Sofa stand und ging zur Treppe.

„Sei vorsichtig!", ermahnte ihn Mom.

Leise öffnete Dad die Tür zum Keller, drehte sich dann noch einmal um. „Ich fange hier an", erklärte er ernst. „Ihr wartet lieber draußen!"

Das musste er nicht zweimal sagen. Rasch gingen sie nach draußen und lauschten dort gebannt auf jedes noch so kleine Geräusch.

Nach einer Weile erschien Dad an der Tür. Kopfschüttelnd winkte er sie ins Haus. Kein Einbrecher, kein Typ mit einem Messer. Niemand außer ihnen befand sich im Haus. „Kommt mal mit!", sagte er.

Seinen Gesichtsausdruck konnte Emily beim besten Willen nicht deuten. Alle zusammen trotteten hinter ihm her zu Mikes Zimmer. Ein Blick zu ihrem Bruder zeigte Emily, dass es Mike genauso mulmig war wie ihr selbst.

Dad räusperte sich. „Kann es sein, dass ihr euch heimlich einen Horrorfilm angeschaut habt?" Mit dem Schläger deutete er auf den laufenden Fernseher. „Wenn ich mir eure Beschreibung anhöre, dann passt die auf den netten Herrn, der gerade über die Mattscheibe läuft."

Entgeistert schauten Emily und Mike auf den Fernseher. Tatsächlich, da lief ein unheimlicher Typ mit einem Hackebeil herum. *Der Metzger*, schrie eine Frau im Fernsehen mit hysterischer Stimme.

Noch bevor Emily etwas sagen konnte, blickte der Metzger in ihre Richtung. Dann hob er den Arm. Nur ein wenig. Es sah so aus, als würde er sie direkt ansehen und ihr zuwinken.

„Hast du das gesehen", flüsterte Emily und stieß ihren Bruder an. „Echt gruselig, als würde er uns in die Augen schauen."

Noch einmal hob der Metzger die Hand mit dem Beil und lachte laut. „Wir sehen uns nächstes Jahr", ertönte eine Stimme, die Emily Gänsehaut verursachte.

Zwupp – Wie von Geisterhand ging der Fernseher aus …

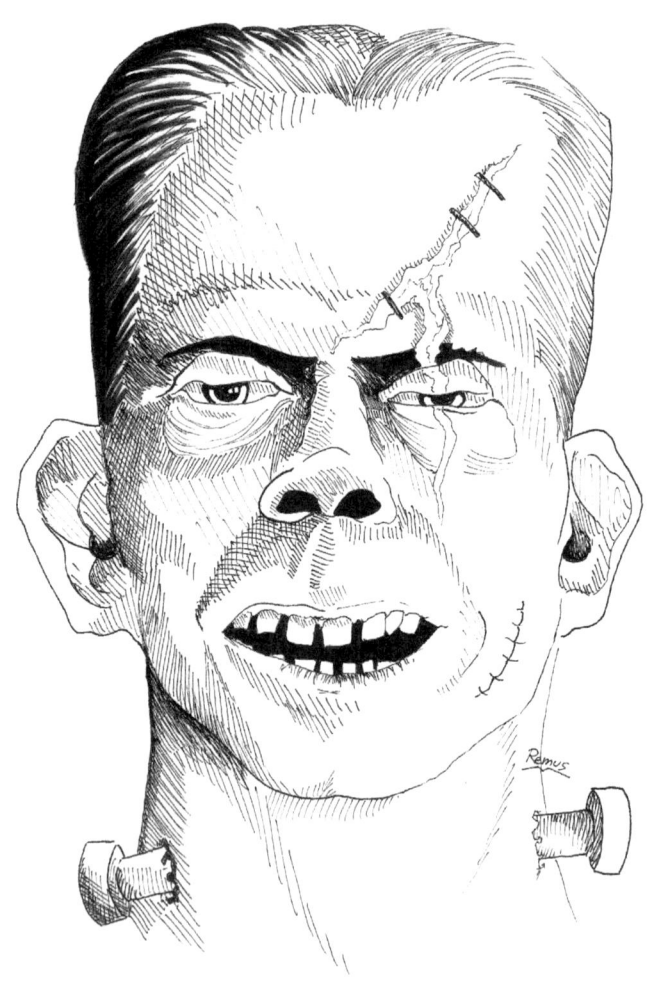

Oma Elli

von Christina Stöger

Es war die Nacht vor Halloween und wie jedes Jahr um diese Zeit gab es kein anderes Thema als diesen verdammten Wettbewerb: *Das beste Kürbisgericht der Stadt.*

Schon seit Jahren versuchte Jos Vater Heinz alles, aber auch wirklich alles, um den einmaligen Geschmack in die Suppe zu zaubern, der vor zehn Jahren dazu geführt hatte, dass Jos Oma, also die Mutter seines Vaters, zur Siegerin gekürt wurde. Chancenlos!

Jos Eltern, Nachbarn und Freunde erzählten die Geschichte über das, was sich damals zwischen Jos Vater und Jos Oma an Halloween zugetragen hatte, ständig. Besonders beliebt war das Thema während den Vorbereitungen zum Wettbewerb. Also wusste Jo ganz gut Bescheid.

Wochenlang hatten sich Mutter und Sohn darüber gestritten, wer die bessere Suppe zubereiten konnte. Gestritten hatten sie immer viel, das war nichts Neues gewesen. Ausnahmslos jedes Jahr hatte Oma Elli diesen verflixten Preis gewonnen und ihren Sohn auch noch ausgelacht. Alle vermuteten, dass Elli Reingold mit dem Teufel im Bunde war.

„Du bist eben ein Nichtsnutz, genau wie dein dämlicher Vater, der mich vor Jahren hat sitzen lassen. Ach, hätte ich doch nie Kinder bekommen, dann hätte ich ein schönes Leben haben können", hatte sie Heinz mehr als einmal an den Kopf geworfen.

Als ihr der Preis übereicht wurde, hatte sie das sogar auf der Bühne gesagt, vor allen Leuten. Jeder wusste, dass es ihr nie um den Gewinn von fünftausend Euro gegangen war, denn sie hatte mehr Geld als genug. Sie wollte nur ihren Sohn demütigen.

Heinz hatte damals gerade seinen Job verloren. Mit Frau und Kind – Jo war erst vier Jahre alt – stand er kurz vor der Insolvenz. Natürlich hätte Oma Elli ihren Sohn finanziell unterstützen können, doch das war ihr nicht in den Sinn gekommen.

Aber wie das Schicksal so spielt – kurz nach Übergabe des Schecks hatte sie sich ans Herz gegriffen und war tot umgefallen.

„Wer so ein böses Herz hat, dem gehört es nicht anders", hatte Heinz damals gemurmelt und dabei dennoch eine Träne verdrückt. Immerhin war sie seine Mutter gewesen, auch wenn sie ihren Kindern und Enkeln das Leben zur Hölle gemacht hatte. Dieses besondere, eigentlich geheime Detail wusste Jo von seiner Mutter, die neben Heinz gestanden und alles mitgekriegt hatte.

Welche Ironie, dass die alte Dame gerade in einer Halloweennacht verstorben war.

* * *

Kurz vor Mitternacht erwachte Jo, weil sein Magen ein lautes Brummen von sich gab. Normalerweise wäre er niemals aufgestanden, um noch etwas von der grässlichen Suppe zu essen, die sein Vater am Vorabend serviert hatte, doch sein leerer Magen ließ ihn partout nicht wieder einschlafen. Es war ja nicht so, dass er in dem alten Haus, das sie von Oma Elli geerbt hatten, Angst gehabt hätte, nachts die Küche zu betreten – *nein*! Das hätte Jo niemals zugegeben. Aber als er über die knarrenden Stufen nach unten schlich und barfuß in die Küche tappte, lief ihm eine Gänsehaut über den Rücken. Gerade hatte er die Kühlschranktür geöffnet, als ein kräftiges Poltern ihn zusammenzucken ließ.

„Heiliger Dreck! Was war das denn?", entfuhr es ihm. Ängstlich blickte er sich um.

Also heilig bin ich bestimmt nicht, Menschenkind, ertönte eine Stimme, die direkt in seinem Kopf zu sitzen schien.

„Mama?", fragte er leise und drückte die Kühlschranktür zu. Sein Herz raste, seine Hände waren schweißnass, er zitterte am ganzen Körper. Er wollte nur noch raus aus der Küche, doch seine Beine waren wie festgewachsen.

Mama! Ha! Dass ich nicht lache. Sehe ich aus wie deine Mutter? Wieder diese Stimme.

In diesem Moment schlug die Standuhr im Wohnzimmer. Etwas veränderte sich. Die dunklen Schatten verdichteten sich. Als der letzte der zwölf Schläge verklungen war, tauchten vor Jos Füßen schwarze Schemen auf.

„Träume ich?", fragte er zaghaft.

Mit einem kräftigen Satz sprang etwas auf die Küchenplatte.

„Würde ich so jetzt nicht sagen, Kleiner", schnurrte die Stimme.

Moment mal! Sie schnurrte? „Bist du eine Katze?"

Ich wusste, dass du ein kluges Bürschchen bist.

Jo riss seine Augen noch weiter auf und sah nun deutlich eine Katze auf der Küchenplatte sitzen. Sie putzte ihre rechte Pfote, schien vollkommen entspannt.

„Du kannst sprechen?" Jo beschloss, dass dies doch ein Traum war und er bald in seinem Bett aufwachen würde. Sprechende Katzen gab es nicht! Mit seinen vierzehn Jahren war er schließlich kein Kleinkind mehr, das an den Weihnachtsmann oder an einen kinderbringenden Storch glaubte.

Ich kann noch viel mehr, Menschenkind. Du wirst dich wundern. Die Katze kicherte. *Aber nun lass uns endlich an die Arbeit gehen. Ich habe nicht ewig Zeit.*

„Was für eine Arbeit?" Endlich konnte Jo sich wieder bewegen und machte einen unsicheren Schritt auf die Katze zu. Ob er sie berühren konnte?

Wenn du mich jetzt anfasst, dann kratze ich dir die Augen aus, Kleiner. Verstanden? Das gestatte ich nur, wenn ICH es auch will.

„Okay", murmelte Jo.

Schön, dass wir uns so gut verstehen. Das macht es die nächsten Jahre leichter. Und nun erkläre ich dir schnell die Spielregeln.

Erneut ertönte das Kichern in seinem Kopf. Langsam bekam er Kopfschmerzen. Wann würde dieser seltsame Traum enden?

„Pass auf! Ich will nichts zweimal sagen. Klar*?*", fauchte die Katze.

Jo nickte.

„Ich helfe dir und deinem Alten, diesen Wettbewerb zu gewinnen. Dafür nimmst du mich in deine Familie auf. Ich bekomme ein eigenes Bett, immer genug Leckerchen und lustiges Spielzeug. Ich werde nicht gebadet, bekomme Streicheleinheiten, wann immer ich will, und darf ins Freie, wenn mir gerade danach ist – auch mitten in der Nacht. Soweit klar?"

Wieder nickte Jo. „Ja, schon. Aber mein Vater mag keine Katzen …" Ein schwacher Versuch, das Tier davon zu überzeugen, dass es nicht willkommen war.

Ja und? Ist das mein Problem? Wenn er endlich den dämlichen Pokal in Händen hält, dann wird er mich schon verkraften. Zumindest hoffe ich das für dich. Solltest du keinen Erfolg haben oder mir einen meiner Wünsche verweigern, dann mache ich dir das Leben zur Hölle. Kapiert?

Wieder war die Stimme nur in Jos Kopf. Allmählich machte ihn das verrückt. Die Katze klang so entschlossen, dass Jo keinen weiteren Einwand wagte. Warum auch? Dies war ein Traum, verdammt. Morgen früh würde der ganze Zauber vorbei sein.

Wenn du dich da mal nicht täuschst, Junge. Die Katze grinste böse. *Aber nun genug geredet. Fang an und hol den großen Kürbis aus der Vorratskammer. Du wirst wissen, welchen ich meine, wenn du ihn siehst.*

Sie kicherte gehässig und fing wieder an, sich zu putzen.

„Das ist wohl ein langer Traum", sagte Jo leise vor sich hin, als er den Riesenkürbis mit Müh und Not in die Küche schleppte.

* * *

„Jo, aufstehen! Du willst doch nicht etwa den ganzen Tag verschlafen?"

Die Stimme seiner Mutter Doris riss ihn aus einem Traum. Es war doch ein Traum gewesen, oder? Alles hatte sich so real angefühlt. Seine Arme schmerzten und in seinem Magen rumorte es. Kraftlos öffnete er die Augen. Gerade wollte er etwas erwidern, als ein spitzer Schrei zu ihnen drang.

„Doris?!"

Erschrocken zuckte seine Mutter zusammen. „Was ist passiert?", rief sie und stürmte die Treppe hinunter.

Noch ganz benommen folgte Jo ihr.

„Wer war das? Und vor allem … was ist das?" Heinz deutete mit dem Zeigefinger auf den Herd.

„Suppe", sagte Jo. Dabei versuchte er, die in ihm aufsteigende Panik zu unterdrücken. War es doch kein Traum gewesen? Hatte *er* diese Suppe gekocht?

„Na, das sehe ich selbst. Und sie schmeckt fantastisch. Hast du die gekocht, mein Junge? Wie hast du das gemacht?"

75

„Ja, damit du auch einmal gewinnst." Abstreiten machte keinen Sinn. Nur das *wie* würde sein Geheimnis bleiben.

„Miau", erklang es im selben Moment.

Jo zuckte zusammen. Also tatsächlich! Kein Traum! Panik machte sich endgültig in ihm breit.

„Eine Katze! Wo kommt die her? Die muss sofort wieder weg!"

Wie ein Messer schnitt die Stimme seines Vaters in Jos Herz.

Mit einem Satz landete die Katze auf der Küchenplatte, schlich dann zum Suppentopf. *Du weißt, dass ich sie jederzeit verderben kann.*

Jo hörte ein fieses Gelächter in seinem Kopf. „Ähm, Papa", begann er und nahm schnell die Katze auf den Arm. Scharfe Krallen bohrten sich in sein Fleisch, doch er ignorierte es.

„Was?", bellte sein Vater. „Die Katze muss weg!"

„Machen wir einen Deal: Wenn du heute gewinnst, dann kann ich das süße Tier behalten, okay? Sozusagen als Belohnung. Außerdem heißt es doch immer, dass Kinder Haustiere brauchen, um sich sozial kompetent zu entwickeln." Er staunte über sich selbst. Wo hatte er das denn gelesen?

Kluger Junge, kicherte die Katze, *nicht so dämlich wie deine Erzeuger.*

„Halt endlich die Klappe, Mistvieh", zischte Jo in ihr Ohr.

„Hast du noch was gesagt, Junge?"

„Nein, Papa. Aber steht der Deal?" Er flehte zu Gott oder zum Teufel – das war in diesem Moment egal –, dass alles gut gehen möge.

„Einverstanden", nickte sein Vater nach einer Weile.

Erleichtert atmete Jo auf.

Gut gemacht, Kleiner. Das hörte sich in seinem Kopf jetzt so an, als würde die Katze wohlig seufzen. Sie schlich auf Jo zu und kuschelte sich an ihn. Vielleicht war sie gar nicht so böse, wie er anfänglich gedacht hatte. Verwirrend!

Nein, bin ich auch nicht. Wer hat das behauptet? Ich bin eine Katze, Jo. Wir sind so. Hunde haben Herrchen und Frauchen, Katzen haben Untergebene.

Wieder hatte sie seine Gedanken gelesen, wieder kicherte sie, aber dieses Mal nicht bösartig, sondern amüsiert.

„So wie ich das sehe, scheint es ja schon entschieden zu sein, dass das Tier bei uns bleibt. Wie soll sie denn heißen?" Jos Vater klang resigniert, konnte sich aber der Anziehung der neuen Mitbewohnerin ebenso wenig entziehen wie Jos Mutter. Beide streichelten die Katze, die es auch geschehen ließ.

Jo musste lächeln. Vielleicht hatte er eine neue Freundin gefunden, die ihn unterstützen würde – in der Schule, bei Diskussionen mit seinen Eltern und auch mit seinen Freunden. Ungeahnte Möglichkeiten eröffneten sich ihm in diesem Augenblick. Und wenn sie sprechen konnte – umso besser. „Ich würde sie Elli nennen", antwortete er grinsend auf die Frage seines Vaters.

Funken

von Stefanie Mühlenhaupt

Wegen dem ständigen Regen der letzten Tage ist der Weg vom Haus zu dem kleinen Schuppen im Garten aufgeweicht. In der Dunkelheit der Nacht kann Emma kaum etwas erkennen. Immer wieder rutscht sie auf dem matschigen Boden aus. Sie wäre längst gefallen, hätte ihr jüngerer Bruder sie nicht gestützt. Als sie wieder zu stürzen droht, verstärkt Finn seinen Griff um ihre Hüfte. Sie müssen sich beeilen, denn Emma wird immer schwächer. Timmi, der alte Familienhund, weicht ihnen nicht von der Seite. Ungesehen erreichen sie den Schuppen und treten ein. Ihr Vater ist geschäftlich verreist, ihre Stiefmutter Valeria schläft hoffentlich.

Finn lässt Emma los, um die Tür zu schließen und das Licht anzumachen. Jetzt verlassen Emma endgültig die Kräfte. Sie sinkt zu Boden, kann nichts dagegen tun. Dankbar nimmt sie wahr, wie ihr Bruder versucht, es ihr auf dem kalten Fußboden so bequem wie möglich zu machen, indem er seine Jacke auszieht und sie unter ihren Kopf stopft.

Dabei streift er den silbernen Armreif an ihrem Handgelenk. Die darin eingefassten Steine schimmern feuerrot im schwachen Licht. Emma sieht, wie Finn die Lippen zusammenkneift. Was ihm durch den Kopf geht, kann sie sich gut vorstellen.

Mit dem Armband fing alles an. Erst nachdem Valeria Emma den Reif geschenkt und angelegt hatte, änderten sich die Dinge. Emma erinnert sich gut.

* * *

„Dieses Armband wurde im heißesten Feuer der Erde geschmiedet. Die Steine sind erkaltete Funken aus dem Höllenfeuer selbst!", flüsterte Valeria düster.

Emma bekam eine Gänsehaut und bereute sofort, dass sie das Geschenk ihrer Stiefmutter angenommen hatte. Ein paar Tage danach bemerkte sie, dass sie immer müder und kraftloser wurde. Selbst ihrem Bruder, der sonst nur seine Computerspiele im Kopf hat, fiel auf, dass Emma kaum mehr aus dem Bett kam. Von Tag zu Tag wurde es schlimmer. Emma versuchte, das Armband abzunehmen, aber weder sie noch Finn hatten es bisher geschafft, den Verschluss zu öffnen.

* * *

Mittlerweile kann sie sich kaum noch auf den Beinen halten.

„Wir müssen das Scheißding irgendwie abbekommen!" Hektisch schaut Finn sich um.

Emma folgt seinem Blick. Auf der Arbeitsfläche liegt die elektrische Handsäge ihres Vaters. Als Finn danach greift, sieht Emma deutlich, wie seine Augen aufleuchten. Erschöpft wie sie ist, kann sie nicht protestieren. Während Finn das Gerät an den Strom anschließt, beobachtet sie ihn misstrauisch.

Er schaltet die Maschine ein und hält sie zum Testen gegen ein Stück Holz. Mühelos frisst sich das Sägeblatt durch die Fasern. Grinsend dreht er sich zu Emma um.

Entkräftet schließt sie wieder die Augen. Eigentlich ist ihr alles egal, sie will nur schlafen. Als ihr Bruder die Säge ansetzt, vibriert ihr Handgelenk. Benommen öffnet sie die Augen und beobachtet die aufsteigenden Funken.

Kopfschüttelnd schaltet Finn die Säge aus, das Metall hat nicht mal einen Kratzer abbekommen. Ein letzter glühender Funke fällt zurück auf das Armband und landet genau auf einem der rot schimmernden Steine. Im selben Moment öffnet sich der Verschluss und der Reif landet mit einem leisen Klirren auf dem Boden.

Das war aber einfach, geht es Emma durch den Kopf. *Was hat Valeria noch gleich über die roten Steine gesagt? Es wären erkaltete Funken. Sieht so aus*, überlegt sie weiter, *als müssten heiße Funken auf die erstarrten im Armreif treffen, um den*

82

Verschluss zu öffnen. In diesem Augenblick wird es Emma eiskalt. Jetzt glaubt sie ihrer Stiefmutter, dass die Steine aus dem Höllenfeuer stammen. Im nächsten Moment schreckt sie auf. Ein gellender Schrei ist zu hören. Offenbar kommt er aus dem Haus und er geht ihr durch Mark und Bein. Sie spürt, wie sich die feinen Härchen auf ihrem Arm aufstellen.

Auch Finn ist zusammengefahren. Timmi beginnt zu bellen und rennt aufgeregt um Finns Beine herum. Erschrocken sieht Emma zu ihrem Bruder. Der ist genauso entsetzt. Valeria hat es also bemerkt. Voller Panik versucht Emma aufzustehen, hat aber nicht genug Kraft. Finn bemüht sich, ihr zu helfen, doch sie sind nicht schnell genug.

Als Nächstes fliegt die Schuppentür mit solcher Wucht auf, dass sie aus den Angeln springt. Staub wirbelt auf und da steht sie – ihre Stiefmutter. Wild wirbeln ihre Haare um den Kopf, die Augen glühen. Kämpferisch hält Finn die Säge vor sich. Valeria hebt den Arm und macht eine Bewegung, als würde sie eine Fliege verscheuchen.

Entsetzt beobachtet Emma, wie Finn den Halt unter den Füssen verliert und gegen die Wand geschleudert wird. Er prallt gegen die Holzplanken, bleibt dann an der Wand kleben. Während Emma zurück auf den Boden sinkt, hört sie sein schmerzerfülltes Stöhnen.

„Emma, lauf!", schreit er. Vor ihm steht Timmi und kläfft wie verrückt.

Aber Emma bleibt sitzen. Wie hypnotisiert starrt sie auf die rot lackierten Fingernägel ihrer Stiefmutter, die jetzt ganz langsam auf sie zukommt. *Wie dunkle Blutstropfen, die an ihren Fingerspitzen kleben*, kommt ihr in den Sinn.

„Du kleines Biest", faucht Valeria. „Wegen euch Plagegeistern muss ich mir eine neue Energiequelle suchen!"

Bedrohlich ragt sie über Emma auf. Panik breitet sich explosionsartig in Emma aus. Was soll sie nur tun?

Jetzt hebt Valeria ihre Hände, zögert dann aber. Sie hat das Armband entdeckt, das neben Emma auf dem Boden liegt, und bückt sich danach. Aber Timmi ist schneller. Zwischen ihren Beinen schießt er hindurch, schnappt sich das Armband und flitzt zur Tür. Voller Wut brüllt Valeria auf, so laut, dass die Wände des Schuppens wackeln. Jetzt geht alles ganz schnell. Timmi springt über die Tür, aber Valeria erwischt ihn. Nur ein kleiner Wink mit der Hand und er fliegt durch die Luft. Mit einem lauten Jaulen prallt er gegen ein Regal. Der Armreif fällt aus seinem Maul und landet scheppernd auf dem Boden.

Mit einer Geschwindigkeit, die Emma ihrer Stiefmutter nicht

zugetraut hat, ist sie bei Timmi und schlägt mit ihren klauenartigen Fingern nach dem Hund.

Finn schreit auf: „Timmi! Nein, lass ihn!"

Hilflos beobachtet Emma, wie Finn verzweifelt versucht, seine Arme zu bewegen, aber sie scheinen mit der Wand verwachsen zu sein. Ein eisiger Schauer läuft ihr über den Rücken, als Valeria gehässig lacht. *Wir haben keine Chance.* Bei dem Gedanken wird Emma übel. *Erst tötet sie Timmi und dann sind wir dran.* Sie spürt, wie ihr die Tränen in die Augen steigen.

Aber – da tut sich etwas? Timmi bewegt sich. Mit offensichtlich letzter Kraft beißt er Valeria in den Knöchel. Die schreit auf, das Gesicht schmerzverzerrt, und versucht, den Hund von sich zu stoßen. Doch der lässt nicht locker. Im Gegenteil, er zerrt jetzt heftig an ihrem Bein. Valeria verliert das Gleichgewicht und stürzt zu Boden, kann sich aber noch rechtzeitig mit den Händen abfangen.

Da hört Emma ein metallisches Schnappen. Dieses Geräusch kennt sie. Genauso hat es sich angehört, als Valeria ihr den Armreif um das Handgelenk legte. Ganz deutlich sieht Emma, wie sich Valerias Augen vor Entsetzen weiten.

„Nein", haucht ihre Stiefmutter. „Nein, nein, nein …!" Voller Panik beginnt sie, an dem Reif zu zerren. Ihre scharfen Nägel hinterlassen blutige Striemen auf der Haut, aber der Reif geht nicht ab.

Timmi fletscht die Zähne und knurrt sie an. Etwas stimmt nicht mit Valerias Gesicht, allerdings kann Emma nicht genau sagen, was daran falsch ist. Bevor sie es genauer betrachten kann, sackt Valeria zusammen, vergräbt das Gesicht in den Händen. Lautes Schluchzen dringt von ihr herüber. Verwirrt kneift Emma die Augen zusammen. *Was ist denn hier nur los?* Erstaunt stellt sie fest, dass ihre Kraft langsam zurückkehrt. Vorsichtig erhebt sie sich. Noch etwas wackelig auf den Beinen steht sie da, während sie ihre Stiefmutter weiter genau beobachtet.

In diesem Moment rutscht Finn von der Wand und landet unsanft auf seinem Hintern. „Aua", stöhnt er. Dabei reibt er sich die schmerzende Stelle. Schnell steht er auf, läuft zu Emma und stützt sie.

Zögernd nähern sie sich Timmi und Valeria. „Das … das kann doch nicht wahr sein!", keucht Finn, lässt Emma los und beugt sich über Timmi.

Ihr Hund ist schon alt, aber der Welpe, den Finn jetzt auf den Arm nimmt, kann nicht älter als ein paar Wochen sein. Freudig leckt der Kleine über Finns Gesicht.

Verwirrt betrachtet Emma die beiden. Langsam dämmert ihr, was das Armband bewirkt. Anscheinend saugt es die Lebensenergie des Trägers ab. Und demjenigen, der den Reif davor als Letzter berührt hat, wird die Kraft übertragen. Dadurch verjüngt sich der Körper. Emma dreht sich zu ihrer Stiefmutter um, die noch immer auf dem Boden kauert. Erschrocken stöhnt sie auf. Offenbar wirkt das Armband bei Tieren viel stärker, denn vor ihnen auf dem Boden sitzt eine uralte Frau. *Vielleicht ist das die wahre Valeria,* sagt sich Emma.

Die Haare der Frau sind schneeweiß, das Gesicht von tiefen Furchen durchzogen. Dunkle Altersflecken bedecken ihre Haut. Mit der gutaussehenden Hexe – denn eine Hexe ist Valeria, da ist sich Emma sicher – hat diese Alte keinerlei Ähnlichkeit mehr. Valeria versucht aufzustehen, aber ihre dünnen, zittrigen Ärmchen können ihr Gewicht nicht halten.

Emma und Finn rühren nicht einen Finger, um ihr zu helfen. Im Hintergrund ist jetzt ein Auto zu hören, das in die Auffahrt einbiegt. Emma sieht zu Finn. Ihre Blicke treffen sich. Wie sollen sie das ihrem Vater erklären?

Das alte Amulett

von Nadja Rehn

Total aufgeregt hüpfte ich am Tag der Abreise um unseren Bus. Meine beste Freundin Lina stand neben mir und knuffte mich in die Seite, damit ich mich nicht mehr aufführte wie ein Gummibärchen auf Extasy. Unsere Lehrerin rief uns endlich auf und im Gänsemarsch trippelten wir nacheinander in den Bus. Wenn ich einen Moment mal nicht redete, empfand ich die Geräuschkulisse im Bus als chaotisches Geschnatter. Na ja, welche Klasse durfte schon Halloween auf einer Burg verbringen, zumindest für ein paar Stunden.

Die ganze Nacht wäre mir lieber gewesen, denn ich gruselte mich für mein Leben gerne. Und manchmal – aber nur manchmal – konnte ich sogar fühlen, wenn jemand neben mir stand, der schon lange nicht mehr lebte. Außer Lina wusste niemand davon und das sollte auch so bleiben. Die anderen Kids würden mich nur auslachen und als Freak beschimpfen. Darauf hatte ich nun echt keinen Bock. Man hatte es nicht leicht …

Nach einigen Stunden Fahrt brauchten wir alle eine Pause. Der Bus hielt auf einem Parkplatz vor einem kleinen Ort, damit wir uns die Beine vertreten konnten. Eine ganze Stunde hatten wir Zeit. Mittlerweile waren Lina und ich so genervt vom permanenten Geschnatter und Geläster unserer Klassenkameraden, dass wir beschlossen, den Ort einer eingehenden Untersuchung zu unterziehen. Zu sehen gab es aber nicht viel, denn der Ortskern war wirklich winzig. Ab und zu schoss Lina ein Foto mit ihrem neuen Handy. Das bevorzugte Motiv war ich. Zwar hasste ich es, wenn sie das tat, aber ich wollte ihr die Freude an dem Ausflug nicht verderben. Gerade sollte ich mich wieder in Pose stellen, als sie innehielt und ganz nervös zappelte.

„Oh schau, ein Antiquitätenladen. Da müssen wir rein. Komm!", bestimmte sie, ergriff meine Hand und zog mich hinter sich her.

Ich hatte nicht die Chance, mich zu weigern, wollte ich auch gar nicht. Lina kannte meine Vorliebe für alte Sachen. Leise klingelte das kleine Glöckchen über der Tür und sofort umfing mich dieser typische Geruch: eine Mischung aus altem Leder, Staub und vergangenen Zeiten. Oh, wie ich es liebte.

„Guten Tag, die Damen", begrüßte uns ein älterer Herr schmunzelnd. Mit seinem Rauschebart und den gütigen Augen erinnerte er mich stark an den Weihnachtsmann.

Ich musste grinsen.

„Wie kann ich Ihnen helfen?"

Lina schubste mich ihm entgegen. „Nun geh schon", raunte sie mir zu.

„Guten Tag", schnaufte ich. „Wir … ähm, also …", stotterte ich. Wie unbeholfen ich mir doch vorkam. Was sollte ich ihm sagen?

„Dürfen wir uns ein bisschen bei Ihnen umsehen? Elena, meine beste Freundin, steht auf all das hier", sagte Lina hinter meinem Rücken. Dass sie dabei grinste, konnte ich mir gut vorstellen.

„Aber natürlich, gerne. Die Damen können mich jederzeit rufen, wenn Sie etwas gefunden haben", erklärte der Rauschebart.

Er sprach so altmodisch. Lina kicherte über seine Ausdrucksweise. Mit einem verlegenen „Danke" drehte ich mich um und fing an, die Regale und Vitrinen durchzusehen.

Ein kurzer Blick auf mein Handy verriet mir, dass wir noch zwanzig Minuten Zeit hatten. *Okay, also ganz schnell noch die Vitrine da*, dachte ich. Im nächsten Moment blieb ich wie angewurzelt davor stehen. Ein Amulett zog mich beinahe magisch an. Es schien uralt und war so kunstvoll verarbeitet, dass ich meine Augen nicht abwenden konnte. Kleine Spiralen liefen über den äußeren Rand. In der Mitte befand sich eine große Spirale, die sich um einen Blautopas wand. Mein Herz hämmerte wild in meiner Brust. Das musste ich haben. Unbedingt! Als ich mich noch weiter hinunterbeugte, schossen kleine Blitze über die goldene Oberfläche. Wie merkwürdig! Was war das? Verwirrt kniff ich kurz die Augen zu. Als ich sie wieder öffnete, waren die Blitze verschwunden.

„Lina, komm her und schau mal", rief ich. Vor lauter Aufregung fuchtelte ich mit den Händen in der Luft herum.

„Mensch, das ist ja toll, aber bestimmt viel zu teuer", flüsterte Lina. „Würde mich nicht wundern, wenn das Ding ein Vermögen kostet."

Hinter uns ertönte ein Räuspern. Erschrocken fuhren wir auseinander.

„Junge Dame, Sie haben Glück. Heute ist Ausverkauf. Ich werde den Laden schließen. Mittlerweile bin ich zu alt dafür." Der nette Herr Rauschebart stand lächelnd hinter uns. „Allerdings muss ich euch warnen", fügte er verschwörerisch hinzu.

Unsere Gesichter müssen Fragezeichen gewesen sein, denn er erklärte schnell, was er meinte. „Dieses Amulett soll angeblich magisch sein. Vielleicht ist es Humbug, aber eine uralte Legende besagt, dass eine Hexe dieses Schmuckstück verzaubert hat, um damit durch die Zeit zu reisen."

Aus einer Kiste unter der Vitrine zog er ein vergilbtes Blatt Papier und reichte es mir. Seltsame Schriftzeichen konnte ich darauf erkennen. Sie erinnerten an Runen.

„Auf dem Papier hier steht die Legende. Das wurde mir zumindest versichert. Du kannst den Schmuck und die Überlieferung haben. Sind zwanzig Euro okay?"

Sofort nickte ich und kramte das Geld hervor. Das war ja ein Schnäppchen.

„Mir scheint, als habe es auf dich gewartet. Deine Augen haben die gleiche Farbe wie der Stein", murmelte er nachdenklich, während ich ihn bezahlte.

Glücklich hängte ich mir die Kette mit dem Amulett um den Hals. Hätte ich nur besser auf die Warnung des Rauschebartes gehört.

* * *

Eine knappe Stunde später erreichten wir unser Ziel, stiegen aus und versammelten uns auf dem Hof. Dort empfing uns der Burgführer, der uns alles über das alte Gemäuer erzählen würde. Da ich bereits viel darüber gelesen hatte, hörte ich kaum zu. Stattdessen ließ ich meine Blicke langsam über den Innenhof schweifen. In der Mitte des Burghofs stand ein Brunnen, zur Sicherheit abgedeckt mit einem Gitter, geschwärzt von Alter und Ruß. Seltsamerweise war da ein heller Fleck: ein Stein, der nicht so recht zu den anderen zu passen schien. Neugierig ging ich näher ran. Hm, was war das denn? Es sah so aus, als ob jemand in diesen auffälligen Stein ein Symbol oder so etwas Ähnliches eingeritzt hätte. Der äußere Rand des Steins war rußgeschwärzt wie alle anderen. Hatte es da vor langer Zeit gebrannt? Hatte jemand versucht, das Symbol aus dem Stein zu brennen? Sehr seltsam. Über einen Brand hatte ich bei meiner Recherche nichts gefunden. Ich überlegte bereits, ob ich mich unbemerkt wegschleichen könnte, als Bewegung in die Gruppe kam. Zwar konnte ich mich kaum von dem geheimnisvollen Brunnen losreißen, ließ es aber zu, dass Lina mich am Ärmel weiterzog.

An der Innenseite der Außenmauer blieb unsere Gruppe erneut stehen und der Führer erging sich in einem Schwall über Verteidigungsstrategien gegen potentielle Angreifer. Mich juckte es plötzlich ganz fürchterlich und mir wurde extrem heiß. Ich konnte spüren, wie der Schweiß über meine Haut rann. Warum war mir so heiß? Genervt riss ich mir den

Pullover herunter und versuchte mich dort zu kratzen, wo es juckte. Es war genau die Stelle, an der das Amulett meine Haut berührte. Ein kleiner elektrischer Schlag durchfuhr mich, als ich es anfasste, sodass ich mich kurz an die Mauer lehnen musste.

Wieder fuhr meine Hand an das Amulett. Als ich den Stein berührte, erfasste mich heftiger Schwindel. Das Amulett fing an zu pochen. Vor meinen Augen zuckten Blitze. Langsam sank ich zu Boden, immer noch die Hand am Stein. Ich kniff die Augen fest zusammen, in der Hoffnung, dass es mir gleich wieder besser gehen würde. Ganz tief durchatmend öffnete ich sie langsam wieder. Der Schwindel ebbte ab, ich sah wieder klar. Das Amulett pochte nicht mehr.

Doch was war hier los? Da, wo eben noch meine Schulklasse gestanden hatte, befand sich nun ein kleiner Holzschuppen. Okay! Wie kam der denn plötzlich dahin? Schwerfällig und leicht zittrig erhob ich mich, ohne die Wand loszulassen. Sicherer Halt war unbezahlbar. Dabei fiel mein Blick nach unten auf mein Kleid und meine Schühchen. Moment mal! Kleid? Wieso hatte ich plötzlich ein Kleid an? Wo waren meine Jeans? Langsam zweifelte ich an meinem Verstand. Hatte ich mir den Kopf gestoßen und wusste es nicht mehr? Ungläubig ließ ich meinen Blick umherschweifen. Menschen in mittelalterlicher Kleidung hetzten wie aufgescheuchte Hühner über den Hof. Ein kleines Mädchen rannte panisch hinter einem blökenden Schaf her. Wo kamen die denn her? Kostümfest für Halloween oder was?

„Elena, wo bist du?" Wütende Rufe klangen über den Burghof.

Als ich mich umdrehte, sah ich einen groß gewachsenen jungen Mann in einer *Rüstung* auf mich zu stapfen. Moment mal! *Rüstung?*

„Elena, meine Teure! Wo bleibst du nur? Feindliche Reiter sind in Sicht. Eile ist geboten. Du musst sofort durch das Brunnenversteck fliehen."

Die Sorge in seiner Stimme war nicht zu überhören. Vor allem aber wunderte ich mich über den Mann selbst. Wer war das? Sollte ich ihn kennen? Ziemlich verdattert stand ich da, unfähig, mich zu bewegen.

„Elena, hörst du nicht? Was ist passiert? Hast du dir den Kopf gestoßen?" Sanft nahm er mich in den Arm und schaute mir forschend ins Gesicht.

Gut sah er aus. Seine Züge wirkten auf mich irgendwie vertraut, ganz so, als hätte ich ihn schon mal gesehen. Stopp! Was wurde hier gespielt? Versteckte Kamera oder was? Sehr witzig! Irritiert und mittlerweile frustriert befreite ich mich aus seinem Griff, stemmte die Hände in die Hüfte und stampfte mit dem Fuß auf, wie ein trotziges Kleinkind. War mir egal! Ich wollte endlich wissen, was hier gespielt wurde. „Sag mal, wer bist du überhaupt? Was soll der Mist? Und wie, verdammt, komme ich hierher?"

Entgeistert starrte er mich an. Voll spooky. „Elena, ich habe keine Ahnung, was mit dir los ist. Du benimmst dich nicht wie eine Lady und auch nicht wie meine Braut. Die Burg wird angegriffen und du musst fliehen. Sofort!"

Bevor ich reagieren konnte, ergriff er meine Hand und streichelte mit seiner anderen Hand über meine Wange. Dann zog er mich an sich, küsste meine Stirn und schob mich zum Brunnen. Erst jetzt bemerkte ich den beißenden Geruch von Rauch, hörte das Prasseln von Feuer und schreiende Menschen. Entsetzt drehte ich mich einmal um die eigene Achse, sah überall Leute mit Wassereimern, die versuchten, das Feuer zu löschen. Mein Herz raste. Ich hatte schreckliche Angst, aber mehr um ihn als um mich. Bevor ich ihn noch etwas fragen konnte, knotete er geschickt ein Seil um meine Hüften und hob mich auf den Brunnenrand. Instinktiv wusste ich, dass ich mich da unten in einem kleinen Tunnel verstecken konnte, um von dort aus in die Freiheit zu entkommen – ein Fluchttunnel.

„Wir sehen uns bald wieder, meine Schöne", flüsterte er mir noch ins Ohr, bevor ein Ruck durch das Seil ging und ich in die Tiefe fiel. Schwärze umgab mich …

„Elena! Oh Gott, Elena, komm zu dir!" Eine aufgeregte Mädchenstimme an meinem Ohr, die ich unter Tausenden erkannt hätte.

Langsam zog sich die Dunkelheit zurück. Ich blinzelte in helles Sonnenlicht. Nichts gebrochen, nichts tat weh – guter Anfang.

„Lina, alles okay. Hilf mir mal eben hoch, ja?", ächzte ich, den Brandgeruch noch immer in der Nase. Ich musste husten.

Beherzt griff sie mir unter die Arme, stellte mich auf die Füße und reichte mir eine Flasche Wasser. „Geht's wieder? Hattest du einen Schwächeanfall? Mach mir doch nicht solche Angst, Schnecki."

Ich grinste sie an. „Ja, ein kleiner Schwächeanfall. Muss mich nur kurz ausruhen. Kommst du mit?"

„Klar, lass uns gehen", raunte sie mir zu. Zu den Klassenkameraden, die neugierig um uns herum standen, sagte sie: „Geht weiter. Schauspiel ist beendet."

In diesem Moment war ich ihr sehr dankbar. Den Rest des Nachmittags würde ich neben Lina auf einer Bank sitzen und wir würden auf die restliche Tour verzichten. „Du warst ganz schön lange weggetreten. Erzähl mir genau, was passiert ist. Und streite es nicht ab. Ich kenne dich zu gut, Herzchen", sagte sie nach einer Weile.

Ja, sie kannte mich wirklich. Also berichtete ich ihr haarklein, was vorgefallen war. Laut ausgesprochen klang es ziemlich wahnsinnig, aber ich wusste genau, was ich erlebt hatte, eine Zeitreise, zu genau dem Zeitpunkt, als die Burg vernichtet worden war.

Gegen Abend versammelten wir uns alle um ein Feuer. Der Burgführer unterhielt uns mit gruseligen Geschichten über den Untergang der alten Burg. Sie waren nicht halb so spannend wie das, was ich erlebt hatte. Deshalb verpasste ich den Anfang der Geschichte über die verrückte Hexe mit dem Amulett. Als mir klar wurde, worüber er sprach, spitzte ich die Ohren.

„Mylady, war die Flucht genehm?"

Erstaunt sah ich auf. Ein junger Mann lächelte mich an. Er setzte sich neben mich, ergriff meine Hand, erwartete offensichtlich eine Antwort von mir.

„Wer …? Was …?", stotterte ich.

„Du kennst mich, nicht wahr Elena? Ich bin Sascha, dein neuer Mitschüler."

Mit offenem Mund starrte ich ihn an – und kapierte es. Ein alter Spruch verhieß, dass an Halloween der Schleier zwischen den Welten sehr dünn sei …

Allerlei Leckerei

von Anathea Westen

Dunkel und kalt war es, an diesem letzten Tag im Oktober – Halloween. Der schrecklichste Termin des gesamten Jahres, wenn man Klärchen Klawitter fragte. Missmutig schlurfte sie durch das nasse Laub, das nicht einmal ordentlich raschelte, sondern an ihren Stiefeln kleben blieb. Sie wanderte nicht wirklich allein durch die Straßen, denn überall wuselten Menschenkinder herum. Ausgelassen feierten sie diesen Abend, sprangen von Haus zu Haus, um ihre Beutel mit Naschwerk füllen zu lassen. Schaudernd sah Klärchen zu, wie ein Mädchen direkt vor ihr herzhaft in eine Tafel Schokolade biss. „Tintenkrakel und Spinnendreck! Wie kann man sowas essen?" Sie schüttelte sich und lief eilig weiter.

Fast hätte sie die Abzweigung zu dem Haus von Gero Grubengräber verpasst, doch sie huschte noch rechtzeitig zwischen den lärmenden Kindern hindurch. Vorsichtig folgte sie dem schmalen Pfad, der nur spärlich von einer Reihe Kürbisse beleuchtet wurde. Im letzten Jahr hatte der Hexenmeister echte Spinnennetze aufgeboten, in denen Horden hungriger Blutspinnen auf Opfer gewartet hatten. Wenn Klärchen nur daran dachte, zwickte und zwackte es sie überall.

Tage hatte es gedauert, bis sie endlich alle Exemplare aus Kleidern und Haaren entfernt hatte.

Abrupt blieb sie stehen. Etwas Schwarzes mit gesträubtem Fell und feuerroten Augen schlich geduckt durch das Gras. Klärchen drehte auf dem Absatz um. Der Alte hatte eine Schauder-Katze in seinen Garten gesetzt! Im letzten Sommer hatte sie heimlich das *Grausige Buch der Magischen Wesen* studiert und danach viele Nächte unter Albträumen gelitten. Schauder-Katzen lauerten ihren Opfern auf, um sich bei passender Gelegenheit an ihnen festzubeißen. Auf solch eine Begegnung verzichtete Klärchen gerne.

Beinahe hatte sie es geschafft, da kam sie einem der Kürbisse am Wegesrand zu nahe und wurde prompt mit Feuer bespuckt. Als sie endlich auf die Straße trat, kokelte nicht nur ihr Kleid vor sich hin, sie kochte auch innerlich. Das war das allerletzte Mal, dass sie an diesem scheußlichen Tag das Haus verließ, Tradition hin oder her. In Zukunft konnten andere die boshaften Altmagier besuchen, die alles daran setzten, Hexenkinder an Halloween in Angst und Schrecken zu versetzen.

„Hey, du kleine Vogelscheuche, rück deinen Beutel rüber, aber sofort!"

103

Klärchen fühlte sich nicht angesprochen, denn Menschenkinder hatten noch nie Kontakt zu ihr aufgenommen. Im Gegensatz zu den Kostümen der Menschen sah ihre Hexenkluft recht gewöhnlich aus, ohne Glitzer, keine aufgestickten Kürbisse. Selbst Rüschen und Schuhe mit nach oben gebogener Spitze suchte man vergebens. Klärchens übliche Garderobe bestand aus einem Zauberhut, einem schwarzen Kleid, das bis zu den Knien reichte, dunkelgrauen Strümpfen sowie einem Paar fester Stiefel. So unauffällig lief sie auch an Halloween durch die bunt verkleidete Meute. Deshalb blieb sie ziemlich verblüfft stehen, als sich jemand direkt vor sie schob. Links und rechts von Klärchen tauchten zwei weitere Gestalten auf.

„Sag mal, bist du taub? Gib deinen Beutel her oder es wird zitronig." Die drei Jungen schütteten sich aus vor Lachen.

In der Hexenwelt funktionierte Halloween anders. Es war ein Fest der Alten, die sich einen Spaß daraus machten, den Hexenkindern möglichst böse Streiche zu spielen. Sie selbst prahlten mit ihren Halloween-Narben, gaben mit all den ekelhaften Süßigkeiten an, die sie in ihrer Jugend tapfer geschluckt hatten. Und wehe eine kleine Hexe nahm die grausigen Gaben nicht an! Dann wurde ihr *Saures* aufgebrummt.

Jede Mahlzeit schmeckte wochenlang nach Essig. Obwohl Klärchen wusste, dass Menschenkinder keine Zauber verhängen konnten, streckte sie den Jungen, wahrscheinlich aus Gewohnheit, ihre diesjährige Ausbeute gehorsam entgegen.

Verwirrt schaute sie zu, wie die Burschen all das Zeug, das sie nur widerwillig eingesammelt hatte, in ihre eigenen Tüten schaufelten und zufrieden weiterzogen.

„Haben die dir eben all deinen süßen Kram geklaut?" Ein Mädchen in Teufelskostüm erschien neben ihr und starrte den Übeltätern hinterher. „Das wird ihnen noch leidtun!"

Klärchen nickte. Das würde es auf jeden Fall, denn es befanden sich ein paar erlesene Spezialitäten darunter.

„Voll peinlich, aber die missratenen Typen sind meine Brüder. Ich bin übrigens Bella, und wie heißt du?"

„Klärchen."

„Cooler Name. Weißt du was? Du bekommst die Hälfte von den Süßigkeiten, die ich gesammelt habe. Zu viel ist eh nicht gesund." Bella hielt ihr die prall gefüllte Tüte vor die Nase.

Erschrocken wich Klärchen zurück. Gerade noch hatte sie das Mädchen nett gefunden, aber dass sie ihr gleich wieder dieses Zeug aufdrängen wollte.

„Wie wär's damit?" Eine Schokolade tauchte vor Klärchen auf.

Heftig schüttelte sie den Kopf. Oft verbargen sich Knister-Blitze darin, die einem fürchterlich die Zunge verbrannten; die konnte das Mädchen schön selbst essen!

„Oder etwas Weingummi?" Bella gab nicht auf. Als Nächstes bot sie eine Handvoll prächtig gestreifter Gummiwürmer an. Wieder schüttelte Klärchen den Kopf.

„Auch nicht? Was haben wir denn sonst noch?" Ganz in Gedanken stopfte sich Bella ein Weingummi in den Mund und kaute zufrieden darauf herum, ohne Klärchens Entsetzen zu bemerken.

Klärchens Erfahrung mit solchen Würmern bestand darin, dass ihre Mutter ihr vor zwei Jahren fast eine Glatze scheren musste, da die glibberigen Dinger sich in ihren Haaren eingenistet hatten und dort festgeklebt waren.

„Hast du die schon mal probiert?"

Argwöhnisch musterte Klärchen die angebotene Schokokugel.

„Nein", sagte sie kleinlaut.

„Ich auch nicht. Also sollten wir sie gleich einmal testen. Hier, nimm."

Bella wickelte eine der Kugeln aus dem glänzenden Papier und wollte sie sich gerade in den Mund schieben, als sie Klärchens Blick auffing. „Du siehst aus, als hättest du noch nie

Schokolade gegessen. Pass auf …" Bella nahm die Kugel und drückte darauf, bis sie in zwei Teile zerbrach. Im Inneren leuchtete etwas Weißes.

Klärchen wollte gar nicht wissen, was das Entsetzliches sein könnte.

Doch ihre Begleiterin ließ nicht locker. „Komm, stipp mit deinem Finger daran und probier, ob du es magst." Als Klärchen sich nicht rührte, machte Bella es ihr vor. „Hm, Milchcreme, total lecker. Und jetzt du!"

Todesmutig wagte Klärchen das Experiment. Samtig schmolz die Creme in ihrem Mund. *Wahnsinn! Das schmeckt einfach nur himmlisch.* Mutig geworden probierte sie eine Köstlichkeit nach der anderen. *Kein Wunder, dass die Menschenkinder Halloween lieben. Die bekommen echtes Zuckerzeug!*

Vergnügt schmauste und plauderte Klärchen mit Bella, bis es Zeit wurde, sich zu trennen. Sie verabschiedeten sich und gingen getrennte Wege – scheinbar.

* * *

Klärchen folgte Bella unauffällig bis zum Haus ihrer Familie. Dort wartete sie, bis die Brüder mit ihren prall gefüllten Beuteln heimkamen. Aus der Dunkelheit heraus beobachtete sie gespannt, wie die Jungen lachend hineingingen. Kurz darauf ging das Licht hinter einem der Fenster im ersten Stock an.

Hm, jetzt denkt ihr wohl, dass ihr die Naschereien in aller Ruhe verputzen könnt!, dachte sie schadenfroh und kletterte geschwind in eine große Eiche. Auf gleicher Höhe mit dem Fenster setzte sie sich auf einen dicken Ast. Von hier aus konnte sie wunderbar beobachten, was in dem Zimmer vor sich ging. Da das Fenster geklappt war, hörte sie auch alles. Und sie wurde schon bald belohnt.

Der erste Bruder biss in eine der Schokoladen, die nicht für Menschenkinder gedacht waren. Als ihm einer der Knister-Blitze die Zunge verbrannte, jaulte er entsetzt auf. Seine Brüder kugelten sich vor Lachen über dieses Missgeschick. Der Größte von ihnen verschlang, immer noch lachend, eine köstlich aussehende Nougatkugel. Klärchen schauderte, aber der Junge schien gar nicht zu bemerken, was er da kaute und hinunterschluckte. Er grabschte schon nach der zweiten Kugel, als sein Bruder anfing zu würgen und eine mit Maden gefüllte Leckerei ausspuckte. Entsetzt wichen die beiden anderen vor dem wimmelnden Gewürm zurück. Im nächsten Moment kreischte der erste Bruder in höchsten Tönen los. Grinsend beobachtete Klärchen seine vergeblichen Versuche, sich zwei hinterlistige Gummiwürmer aus den Haaren zu ziehen. Im Nu herrschte Chaos im Zimmer. Die Jungen schrien um die Wette, als sich die Blutspinnen aus den Lebkuchen befreiten.

Die Tür flog auf, die besorgte Mutter platzte in den Raum – und mit einem Schlag war der Spuk vorbei. Auf dem Boden lagen Kuchen und schwarze Lakritzspinnen. Wurmförmige Weingummis rutschten harmlos herunter, als die Kinder aufsprangen. Neben verlockenden Nougatkugeln lagen weiße Puffreiskörner auf dem Boden verstreut.

Klärchen nickte. Ja, so war das in der Welt der Menschen. Bis zu einem gewissen Alter glaubten sie an Magie, daher konnten sie auch magische Dinge erleben. Als Erwachsene allerdings verloren sie diesen Glauben, was dazu führte, dass in ihrer Anwesenheit alle Magie erlosch.

Entspannt kaute Klärchen auf einem Karamellbonbon herum und sah zu, wie sich das Schauspiel stets wiederholte: Sobald die Mutter das Zimmer verließ, erwachte die Magie. Dann versuchten Bellas Brüder, sich vor den wild gewordenen Süßigkeiten zu schützen, indem sie auf den Spinnen und Maden herumtrampelten. Was alles nur schlimmer machte, denn ihre Mutter kochte wenig später vor Zorn angesichts der zertretenen Kuchen und Schokokugeln auf dem Teppich.

Am Ende schossen die Brüder aus dem Zimmer und weigerten sich hartnäckig, je wieder einen Fuß dort hineinzusetzen.

Klärchen seufzte zufrieden – Halloween war großartig.

Das besessene Smartphone

von Anne Schmitz

„Psssst, Nico, komm her!"

„Bist du verrückt? Was machst du da?" Hastig wandte sich Nico den bis unter die Decke gestapelten Totenschädeln und Knochen zu.

Sein Freund Moritz presste sich gegen die Wand eines Nebentunnels, der mit einer Kette abgesperrt war. „Kommst du mit?", fragte er und bewegte den Kopf in Richtung Gang.

„Du spinnst doch!", entrüstete sich Nico.

„Na ja, sagen wir …", überlegte Moritz laut, „drei Abzweigungen. Wir sind schließlich Archäologiestudenten und können quasi nicht anders. Wir müssen solche Tunnel erforschen!" Er grinste. „Was ist jetzt?"

„Okay, drei Abzweigungen und keinen Meter weiter", bestimmte Nico und sprang über die Absperrung. „Ich hoffe, du hast an eine Taschenlampe gedacht", gab er noch zu bedenken.

„In welchem Jahrhundert lebst du? Heute hat man eine Taschenlampen-App auf dem Handy!" Amüsiert beobachtete Moritz, wie sein Freund die Augen verdrehte.

„Und in welchem Jahrhundert lebst du?", fragte Nico. „Du

bezeichnest dein Smartphone immer noch als Handy." Er klang genervt.

Gemeinsam huschten sie in den Gang hinein. Bald erreichten sie die erste Abzweigung. Moritz schaltete die App ein und sie bogen nach links ab.

„Das sagt der Richtige", führte Moritz das frühere Gespräch fort. „Du bist der einzige Mensch, den ich kenne, der weder Handy noch Smartphone besitzt."

„Ich wehre mich eben gegen die vollkommene Kontrolle, von den gesundheitlichen Schäden durch die Strahlung ganz zu schweigen."

Diesmal war es an Moritz, die Augen zu verdrehen. Er kannte die Meinung seines Freundes und wusste, dass eine Diskussion darüber sinnlos war. Schweigend passierten sie die nächste Abzweigung und wandten sich nach rechts.

„Die Katakomben von Paris bestehen aus einem Tunnelnetz von über dreihundert Kilometern", dozierte Nico. „Sollten wir uns verlaufen, ist es aus mit uns!"

„Zwei Skelette mehr oder weniger fallen hier unten kaum auf." Moritz zeigte zu einer mit menschlichen Knochen und Schädeln vollgestopften Nische. „Da vorne, da ist etwas!"

Sie beschleunigten ihre Schritte und erreichten schließlich

einen mannshohen Spalt im Felsen. „Da passen wir nicht durch", befand Nico.

„Abwarten …", erwiderte Moritz und zwängte sich seitlich in den Spalt.

Nico folgte ihm. Vor ihnen breitete sich eine unterirdische Grotte aus, in deren Mitte, umgeben von Felsbrocken und Geröll, ein dunkler See ruhte. Wasser tropfte von der Höhlendecke. Das Echo erfüllte den Raum.

„Moritz, sieh mal da", flüsterte Nico aufgeregt. Dabei deutete er auf den See hinaus.

„Unglaublich!", hauchte Moritz.

Über dem See schwebte ein rautenförmiges Licht von der Größe einer Laterne. Es waberte und glühte, mal weiß, mal gelb.

„Das ist ein Irrlicht."

„Irrlichter gibt es doch nur im Moor", gab Nico zu bedenken.

Moritz zuckte mit den Schultern. „Früher glaubten die Menschen, Irrlichter seien ruhelose Seelen Verstorbener. Irre, so etwas habe ich noch nie gesehen."

„Los, mach ein Foto!", drängte Nico.

„Ach nee, jetzt ist mein Smartphone wohl gut genug", alberte Moritz, rief die Kamera auf und drückte auf den Auslöser.

„Jetzt aber nichts wie raus hier", fügte er im Befehlston hinzu. „Ich weiß nicht, wie lange der Akku durchhält."

* * *

Nachdem sie die Katakomben verlassen hatten, deckten sie sich mit ausreichend Fastfood ein, das sie im Jardin du Luxembourg verspeisten. Danach dösten sie in der Sonne und genossen den sonnigen Julitag.

„Wann treffen wir uns an Notre-Dame?", fragte Nico nach einer Weile.

Grummelnd zückte Moritz sein Handy und rief den Terminplan auf. Doch auf dem Display erschien etwas anderes – das Gesicht einer Frau. Lange, weiße Haare standen strohig von ihrem Kopf ab. Ihre Haut war grau und rissig, die schmalen Lippen zu einem schaurigen Grinsen verzogen. Über eingefallenen Wangen stachen die Knochen spitz hervor. Leere schwarze Augenhöhlen blickten Moritz an. Er schrie auf und warf das Handy von sich, als hätte er sich die Finger verbrannt. Verwundert sah Nico ihn an. „Alles klar bei dir?"

„Ja, ja, alles gut", sagte Moritz schnell. Sein Herz klopfte ihm bis zum Hals.

„Das Handy hat mir einen Stromschlag versetzt", log er. Mit zittrigen Händen hob er es auf.

Nico schaute etwas ungläubig, erwiderte dann aber nur: „Ich hab' immer gewusst, dass diese Dinger gefährlich sind."

Gebannt starrte Moritz auf das schwarze Display. Nach kurzem Zögern drückte er die Home-Taste, woraufhin der Startbildschirm erschien. Als er den Terminplan ohne Störung aufrufen konnte, beruhigte sich sein Pulsschlag allmählich. *Verrückt! Vielleicht habe ich mir einen Virus eingefangen?* An seinen Freund gewandt sagte er: „Wir müssen gehen. Bis Notre-Dame ist es noch ein gutes Stück."

„Erst nicht aus dem Quark kommen und dann Stress machen", beschwerte sich Nico. Grinsend stand er auf.

* * *

Vor der Kathedrale drängten sich die Touristen. Im Gewühl entdeckten Moritz und Nico ihre Kommilitonen, mit denen sie gemeinsam die Kirche betraten.

Ein Mann um die sechzig stellte sich den Studenten als Monsieur Martin vor. Er würde sie durch Notre-Dame führen. Kaum, dass sie das Mittelschiff betreten hatten, klingelte Moritz' Handy. Monsieur Martin unterbrach seine Ausführungen und warf ihm einen missbilligenden Blick zu.

„Tschuldigung", murmelte Moritz, kramte in seiner Tasche und zog das Handy heraus, was dazu führte, dass das

116

Star- Wars- Intro nur noch lauter zu hören war. Hastig drückte er auf dem Touchscreen herum, jedoch ohne Erfolg. Der Klingelton ließ sich nicht abstellen. Was war nur mit seinem Handy los? Er konnte es nicht ausschalten.

„Junger Mann, unterbinden Sie diesen Lärm. Ansonsten verlassen Sie bitte augenblicklich die Kathedrale!" Monsieur Martin sah ihn mit hochgezogenen Augenbrauen entrüstet an.

„Ich kriege es nicht aus", flüsterte Moritz Nico zu, „deshalb ist es besser, wenn ich gehe. Wir treffen uns im Hotel, okay?"

„Wenn du meinst, soll ich mitkommen? Du scheinst heute ein bisschen durch den Wind zu sein."

„Nee, alles gut. Bis später." Moritz presste das Handy unter sein T- Shirt und hastete aus der Kirche.

Draußen verstummte es. Ein mulmiges Gefühl machte sich in ihm breit, entwickelte sich zu einer bösen Vorahnung. Mit zunehmendem Unbehagen betrachtete er das Display. Das Irrlicht leuchtete ihm kalt entgegen.

* * *

Im Hotel duschte Moritz ausgiebig, um einen klaren Kopf zu bekommen. Doch seine Gedanken schweiften immer wieder zu den offensichtlich technischen Störungen seines Handys. Er ging alle ihm bekannten möglichen Ursachen durch, allerdings wollte keine so recht passen. Am liebsten hätte er im Internet nachgeforscht, aber er traute sich nicht, sein Handy wieder einzuschalten.

Hast du sie noch alle?, schalt er sich in Gedanken. *Nur weil dein Handy ne Macke hat, schlottern dir die Knie. Verlorene Seelen gibt es nicht und schon gar nicht in deinem Handy.*

Entschlossen schritt er zur Kommode im Eingangsbereich seines Hotelzimmers, wo er sein Handy abgelegt hatte, schaltete es an und löschte das Foto des Irrlichts. So, das war geschafft. Danach legte er sich aufs Bett, starrte an die Decke und wartete auf Nico.

* * *

Er träumte, dass Suse, seine Freundin, bei ihm wäre. Liebevoll lächelnd beugte sie sich über ihn und strich ihm sacht über die Wange. Da geschah es: Ihr Gesicht wurde leichenblass. Die Haare standen strohig und wirr vom Kopf ab. Leere Augenhöhlen sahen auf ihn herab. – Seine Freundin hatte sich in die Frau aus dem Handy verwandelt!

Schreiend erwachte Moritz. Er riss die Augen weit auf und blickte in zwei schwarze Augenhöhlen, die sich direkt vor seinem Gesicht befanden. Er schrie noch lauter. Das Blut gefror ihm in den Adern. Diese Frau, sie war in seinem

Zimmer! Beugte sich über ihn! Aus den Augenwinkeln sah er, wie sie ihre knöchrigen Finger langsam sinken ließ.

Panisch, immer noch schreiend, robbte er halb sitzend, halb liegend rückwärts. Gestank nach Moder und faulendem Fleisch breitete sich im Zimmer aus. Ihm wurde übel. Er schnappte nach Luft.

Unentwegt starrte die Frau ihn an. Wie in Zeitlupe richtete sie sich auf, hob einen Arm und deutete auf das Handy.

„Nimm es mit!", hörte sich Moritz kreischen. „Du kannst es haben."

Die Frau neigte den Kopf zur Seite, entblößte grinsend schwarze Zähne und richtete ihren krummen Zeigefinger auf ihn …

Mit einem Krachen flog die Zimmertür auf. Augenblicklich verschwand die Frau.

Nico stürmte herein. „Moritz, was ist los? Warum schreist du? Alter, wie siehst du denn aus?" Wie angewurzelt blieb er stehen.

Moritz war zu keinem klaren Gedanken fähig. Sein Pulsschlag hämmerte in den Ohren, jedes andere Geräusch übertönend. Seine Kehle brannte. „Du glaubst nicht, was mir passiert ist …", krächzte er.

„Ich glaube dir alles, so wie du aussiehst." Ohne ein weiteres Wort verschwand Nico im Badezimmer, kehrte mit einem Handspiegel zurück und hielt ihn seinem Freund vor das Gesicht.

Moritz stockte der Atem. Sein Gesicht veränderte sich wie in einem Zeitraffer. Tiefe Falten bildeten sich um Augen und Mund. Die Haut wurde ledrig und runzlig. Ein Blick auf seine Hände verriet ihm, dass er in einem atemberaubenden Tempo alterte. Ein Gefühl der Schwere und Kraftlosigkeit breitete sich in ihm aus.

„Was ist geschehen?", fragte Nico fassungslos. „Du siehst aus wie mein Opa. Alter, das ist gruselig."

„Bring mich in die Katakomben", bat Moritz mit brüchiger Stimme. Unfähig, sich zu bewegen oder irgendetwas zu tun, beobachtete er, wie Nico sich eine Taschenlampe aus seinem Koffer schnappte. „Danke", hauchte er, als sein Freund ihm aufhalf und ihn stützte.

Sie nahmen die Métro zu den Katakomben. Eilig kaufte Nico zum zweiten Mal an diesem Tag Eintrittskarten für die Grabstätten.

Als sie an dem abgesperrten Gang angelangt waren, atmete Moritz schwer. Sein Rücken war gebeugt, jeder Schritt verursachte Qualen. In kürzester Zeit war er zu einem Greis geworden. „Schnell, schnell, ich kann bald nicht mehr", japste er.

Nico schleppte und schob ihn zu der unterirdischen Grotte.

Direkt neben dem See ließ Moritz sich zu Boden sinken, schaltete sein Handy an und schob es über den Rand ins Wasser. In dem Moment, in dem es in den Tiefen des Sees versank, flammte das Irrlicht über dem Wasser auf. Gleich darauf spürte Moritz neue Kraft in sich aufsteigen. Die Last des Alters glitt von ihm ab. Augenblicke später war er wieder der gesunde, junge Student.

* * *

Schweigend und zügig gingen sie im Schein von Nicos Taschenlampe in Richtung Ausgang.

„Ich habe immer gesagt, dass diese Smartphones gesundheitsschädlich sind", sagte Nico.

Moritz schmunzelte. Eilig verließen sie die Katakomben von Paris.

Spuk im Spiegel

von Martina Suhr

Da fuhren sie, diese Verräter! Als hätte ich die Herbstferien nicht auch zu Hause verbringen können. Schließlich war ich schon dreizehn und Mrs. Taylor von nebenan hatte sogar angeboten, ein Auge auf mich zu haben. Aber nein, das war meinen Eltern nicht genug. Sie wollten, dass jemand rund um die Uhr auf mich aufpasst, denn New York sei viel zu gefährlich für ein Mädchen in meinem Alter …

Pah, dass ich nicht lache! Sonst bin ich doch auch die meiste Zeit alleine. Seit sich meine Eltern selbstständig gemacht hatten, bekam ich sie kaum noch zu Gesicht. Normalerweise waren sie auch recht cool, doch diesmal konnte ich sie nicht umstimmen. Da meine Lieblingsoma leider auf irgendeiner Kreuzfahrt die Sonne der Südsee genoss, musste ich zu Großmutter Janet, die fern jeglicher Zivilisation und ohne Handyempfang, irgendwo in der Einöde New Jerseys wohnte. Und als wäre das nicht schon Strafe genug, verpasste ich deswegen auch noch Mayas Halloweenparty. Ihre Partys waren legendär und dieses Jahr hatte ich es endlich geschafft. Eine der begehrten persönlichen Einladungen hatte in meinem Schulspind gelegen. Doch anstatt mit den coolsten Kids meiner

Schule abzufeiern, saß ich nun während Halloween bei meiner Großmutter. Manchmal hasste ich mein Leben!

„Lilly, kommst du? Lass uns reingehen. Ich mache dir erst mal eine Tasse Kakao und dann überlegen wir, was wir die nächsten Tage so alles anstellen können", sagte meine Großmutter und riss mich aus meinen düsteren Gedanken.

Einen Moment lang starrte ich noch dem schon längst am Horizont verschwundenen Auto hinterher, bevor ich ihr mit hängenden Schultern ins Haus folgte.

Das Haus meiner Großmutter war riesig, uralt, von oben bis unten mit Efeu bewachsen und ziemlich spooky. Sämtliche Treppenstufen zum Obergeschoss ächzten leidvoll. Auch die Zimmer hatten ihre besten Tage bereits hinter sich. Man merkte, dass Großmutter das Haus alleine bewohnte und nur selten Besuch bekam.

Sie hatte mir das alte Kinderzimmer meines Vaters hergerichtet. Neben einem klapprigen Metallbett, dessen Matratze mit einem lauten Quietschen unter mir nachgab, als ich mich probeweise darauf fallen ließ, gab es in der kleinen Kammer nur noch einen modrigen Holzschrank. Was für ein Loch! Dieses *Gästezimmer* erinnerte mehr an eine Kerkerzelle.

Frustriert zog ich mein Handy aus der Hosentasche. Vielleicht geschah doch noch ein Wunder und ich hatte wenigstens einen Balken Empfang. Doch wie befürchtet: Hier war ich mutterseelenallein, abgeschnitten von der Außenwelt und fünf endlos lange Tage meiner Großmutter ausgeliefert, die genauso seltsam war wie dieser marode Kasten. Obwohl sie sich stets höflich und nett gab, beschlich mich schon seit einigen Jahren immer wieder das Gefühl, dass sie etwas zu verbergen hatte. Meine Eltern hatten von einer Chance gesprochen, uns in den nächsten Tagen etwas näher zu kommen und unser Verhältnis zu verbessern. Ich dagegen beschloss in diesem Moment, dem Geheimnis meiner Großmutter so unauffällig wie möglich auf den Grund zu gehen.

„Lilly, der Kakao ist fertig. Kommst du? Aber wasch dir vorher bitte die Hände", rief Großmutter aus dem unteren Geschoss nach oben.

Genervt stand ich auf und trottete ins Bad am Ende des Flurs. Dabei wurde ich das Gefühl nicht los, beobachtet zu werden. Immer wieder drehte ich mich nervös um, doch außer den alten Bildern, die den Flur säumten, konnte ich nichts Besonderes erkennen. Mein Verstand schien mir einen bösen Streich zu spielen – offenbar schlug mir die Einöde bereits aufs Gemüt. In meine Gedanken versunken, drehte ich den alten

Messingwasserhahn auf. Während mir das kalte Wasser über die Hände lief, blickte ich durch das halbgeöffnete Fenster auf eine knorrige alte Weide. Ein weiteres seltsames Relikt vergangener Tage, das diesem Haus einen gespenstischen Touch gab. Es dämmerte bereits und ich war froh, dass der erste Tag dieses Horrorurlaubs langsam zu Ende ging.

Als ich wieder nach vorne in den Spiegel sah, erschrak ich beinahe zu Tode. Ein blasses, kleines Mädchen mit tiefschwarzen Augenringen und verfilzten, dunklen Haaren starrte mich böse an.

Blitzschnell drehte ich mich um, aber hinter mir war niemand.

Mit klopfendem Herzen schaute ich erneut in den Spiegel, doch nur mein vor Schreck verzerrtes Gesicht blickte mir entgegen.

„Alles in Ordnung, Schätzchen?" Die besorgte Stimme meiner Großmutter drang von unten zu mir herauf.

„Ja, ja, ich glaube schon … Es ist nur … Ich dachte, ich hätte … Ach, es war sicher nichts …", stammelte ich und verließ schleunigst das Bad. Unten erwarteten mich nicht nur wie versprochen eine Tasse Kakao, sondern auch ein paar Sandwiches.

„Erdnussbutter mit Himbeergelee, das mochtest du doch als kleines Mädchen immer so gerne." Großmutter lächelte. Dann fragte sie: „Warum hast du gerade eben so entsetzlich geschrien?"

„Ach das? Ich dachte, ich hätte im Badezimmerspiegel, naja, etwas Gruseliges gesehen."

Augenblicklich verhärtete sich ihre Miene. Ihr Mund verzog sich zu einem schmalen Strich. „Du bist sicher aufgeregt und müde von der Fahrt. Da haben dir deine Nerven einen Streich gespielt. Iss lieber und dann ab ins Bett, du musst dich ausruhen. Schließlich erwartet uns morgen ein spannender Tag."

Statt sich zu mir zu setzen, begann sie wie wild ein paar Tassen und Gläser abzuspülen. Und da war es wieder – dieses Gefühl, dass sie mir etwas verheimlichte. Aber weil ich mir gerade selbst nicht sicher war, was genau ich gesehen hatte, beließ ich es für den Moment dabei. Stattdessen biss ich genüsslich in mein Sandwich.

Wieder in meinem Zimmer schlüpfte ich in meinen Pyjama. Das Waschen ließ ich ausfallen. Auch das Zähneputzen verschob ich großzügig auf den nächsten Morgen. Keine zehn Pferde hätten mich an diesem Abend noch einmal in dieses Bad gebracht. Doch so leicht sollte ich meinen Ängsten nicht entkommen! Unruhig wälzte ich mich im Bett. Bei jedem ungewohnten und plötzlichen Geräusch schrak ich zusammen. Eigentlich hielt ich mich nicht für feige, aber hier stimmte etwas nicht und die Aussicht auf fünf weitere Nächte in diesem Haus war einfach nur schrecklich. Zu allem Überfluss peitschte ein starker Herbststurm den Regen unablässig gegen mein Fenster.

Ich stand auf, um die muffigen Vorhänge zuzuziehen und wenigstens den blöden Sturm auszusperren – als sich vor mir das Gesicht des kleinen Mädchens im Fenster spiegelte. Mit weit aufgerissenen, vom Regen verzerrten Augen starrte sie mich an. Schreiend stürzte ich mit den Gardinen, an denen ich mich festgekrallt hatte, zu Boden. Panisch strampelte ich mich frei, sprang auf und sah – nichts. Also nichts außer den Regentropfen, die sich ihren Weg über das Fensterglas bahnten. Kurz überlegte ich, Großmutter zu rufen, die nach den Geräuschen aus dem Wohnzimmer zu urteilen, lautstark irgendeine Spielshow im Fernsehen schaute. Dann dachte ich an ihre Reaktion in der Küche. Vermutlich konnte ich mir das sparen.

Jetzt hieß es erst mal einen kühlen Kopf bewahren, sich irgendwie ablenken und – bloß nicht schlafen. Irgendwie musste ich wachbleiben. Zum Glück hatte ich genug Lesestoff für die nächsten Nächte dabei. Mit meiner Taschenlampe und einem romantischen Vampirroman verzog ich mich ins Bett. Glitzernde Vampire und süße Werwölfe würden mich sicher ablenken und wachhalten.

* * *

Das monotone Piepen meines Handyweckers riss mich am nächsten Morgen unsanft aus einem sehr angenehmen Traum. Mist, ich hatte doch geschlafen! Rasch warf ich die Bettdecke zurück und schaute, ob noch alles an mir dran war. Soweit schien alles okay. Erleichtert wurschtelte ich mich aus den Federn und wagte mich halb verschlafen ins Bad. Nachdem ich mich ohne weitere Vorfälle gewaschen und angezogen hatte, fühlte ich mich wieder einigermaßen wohl und ging zu meiner Großmutter nach unten in die Küche. Das Frühstück war bereits gerichtet.

„Guten Morgen, Lilly, ich hoffe, du hast gut geschlafen", empfing Großmutter mich gutgelaunt.

Für einen kurzen Moment dachte ich daran, sie doch auf diese erneute angsteinflößende Begegnung anzusprechen. Doch nach der erholsamen Nacht war ich mir selbst nicht mehr sicher, was ich tatsächlich gesehen hatte. So beschloss ich, erst einmal Ruhe zu bewahren und alles Weitere auf mich zukommen zu lassen. „Erinnerst du dich noch an Thomas und Carla von gegenüber? Ich habe sie eingeladen", verkündete Großmutter. „Sie haben auch Ferien und freuen sich darauf, ein wenig Zeit mit dir zu verbringen."

Eigentlich hatte ich keine Lust auf die beiden, aber der Gedanke, irgendwelche Spielshows oder Serien anzusehen, war auch nicht verlockender.

So kam es, dass wir am Mittag zu dritt vor dem Fernseher hingen und uns irgendeine lausige Kinderserie anschauten. Die beiden Nachbarskinder plapperten ziemlich viel, aber mir gingen ganz andere Dinge durch den Kopf. Ich sah Geister, nein, eigentlich nur einen, aber der war so gruselig, dass sich mir allein bei der Erinnerung daran die Nackenhaare aufstellten.

„Lilly, hörst du mir eigentlich zu?" Fragend sah Carla mich an.

„Oh, entschuldige! Nein, ich war mit meinen Gedanken gerade woanders. Es ist nämlich so – ach, vergesst es. Was hast du gesagt?"

Kurz hatte ich darüber nachgedacht, die beiden ins Vertrauen zu ziehen. Ich hatte Angst, den Verstand zu verlieren, und es war kein anderer da, der mir zuhören könnte. Doch ich würde mich vermutlich nur lächerlich machen.

„Komm schon, Lilly, das ist nicht fair. Erst andeuten und dann kneifen", protestierte Thomas.

Carla nickte mir aufmunternd zu. Bevor die beiden noch vor lauter Neugier platzten, entschloss ich mich, sie einzuweihen.

„Ihr werdet mich sicher für verrückt halten. Ich weiß, wie das klingt, vielleicht war es auch gar nichts, aber ..." Nervös suchte ich nach den richtigen Worten.

„Sag nicht, du hast *sie* gesehen?" fragte Carla überrascht. Dabei sah sie ihren Bruder, der nachdrücklich nickte, triumphierend an.

„Ist *sie* dir auch begegnet?", fuhr Carla aufgeregt fort. „Als ich sie das erste Mal sah, konnte ich drei Tage nicht schlafen." Und dann erzählten sie mir von Carlas Erlebnissen.

Ich hörte gebannt zu und musste aufpassen, dass mir der Mund nicht offenstehen blieb. Ihr war das Geistermädchen einige Male in einem der Fenster erschienen, als sie abends am Haus meiner Großmutter vorbeigegangen oder mit dem Fernglas aus ihrem Zimmerfenster hinübergeschaut hatte.

„Wer, glaubt ihr, ist sie? Meint ihr, sie ist böse?", sprudelte es aus mir heraus.

In meinem Kopf überschlugen sich die Fragen. Ob es die Erleichterung darüber war, nicht verrückt zu sein, oder die

Aufregung, einem Geheimnis auf die Spur zu kommen, hätte ich nicht sagen können.

„Nein", sagte Carla, „mir hat sie noch nie was getan und Thomas zeigt sie sich gar nicht."

Erstaunt sah ich, wie Thomas trotzig den Mund verzog. Er fühlte sich sicher ausgeschlossen, weil er das Geistermädchen noch nie gesehen hatte.

„Wir müssen herausfinden, wer sie ist und was sie hier will – warum sie gerade hier herumgeistert ... Meint ihr, sie wurde ermordet und will sich an jemandem rächen?", sagte er schnell, um auch etwas zum Thema beizutragen.

Ich dachte nach. „Meine Großmutter war schon immer sehr verschlossen. Mein Vater macht auch ein Riesengeheimnis um die Geschichte seiner Familie. Die Antworten liegen wohl irgendwo in diesem Haus vergraben. Vielleicht sollten wir uns mal ein wenig umsehen ..."

Wie es der Zufall wollte, verabschiedete sich meine Großmutter kurze Zeit später, um in der Stadt etwas zu erledigen. Vor dem Abendessen war also nicht mehr mit ihr zu rechnen.

Artig verabschiedeten wir uns. Sobald das Auto nicht mehr zu sehen war, legten wir los. Den Dachboden inspizierten wir als

Erstes. Doch außer einer meterdicken Staubschicht und altem Trödel war dort nichts zu finden. Auch der Keller hielt keine Überraschungen bereit außer der niedlichen, kleinen Maus, die Carla zum Kreischen brachte. In den unbewohnten Zimmern schützten weiße Laken die alten Möbel vor Staub und dem Zahn der Zeit. So sehr wir uns auch bemühten – wir fanden keinen einzigen Hinweis auf das Geistermädchen. Nur einen Raum konnten wir nicht durchsuchen: Großmutters Schlafzimmer. Wie immer war es abgeschlossen, kein Schlüssel weit und breit. Enttäuscht setzten wir uns mit ein paar Sandwiches und Limonade an den Küchentisch, um zu überlegen, wie wir weiter vorgehen könnten.

„Irgendetwas müssen wir doch herausfinden." Nachdenklich kaute Thomas an einem Bleistift und starrte auf das leere Papier vor ihm.

„Wenn ich nur Internet hätte, aber in diesem Kaff …", überlegte ich laut.

Plötzlich blickte mich Thomas direkt an. Seine Augen leuchteten geradezu. „Das ist es, wir befragen Doktor Google. Wäre doch gelacht, wenn wir im World Wide Web nichts finden würden, zumindest einen kleinen Hinweis oder Anhaltspunkt."

Wie aufregend! Carla und ich stimmten sofort zu. Wir sammelten unsere Fragen und Ideen dazu, wie wir weiter vorgehen könnten. Thomas notierte alles auf. Das war so spannend!

Als der Wagen meiner Großmutter die Einfahrt hochfuhr, stand unser Plan. Thomas und Carla würden die Recherchearbeit übernehmen. Mein Job war es, den Schlüssel zu Großmutters Schlafzimmer zu organisieren. Die beiden machten sich auf den Weg nach Hause.

Froh darüber, nicht verrückt zu werden und zwei Freunde an meiner Seite zu haben, verabschiedete ich mich nach einem kurzen, bewusst oberflächlich gehaltenen Bericht über meinen Nachmittag von Großmutter und ging nach oben. Wir hatten vorgesorgt und mein Fenster mit einem Laken zugehängt. Das Waschen verschob ich wieder auf den nächsten Morgen. Auf keinen Fall wollte ich erneut vor dem Schlafengehen in die verstörende Geisterfratze blicken. Ich fühlte mich sicher und nahm mein Handy, um meinen Wecker zu stellen.

Aber im nächsten Moment glaubte ich, mein Herz würde stehenbleiben. Das Gesicht des Geistermädchens leuchtete unheilvoll vor dem dunklen Display-Hintergrund. Vor lauter Schreck schleuderte ich mein Hightech-Heiligtum in die Ecke.

Gleich darauf hechtete ich hinterher, betete, dass es nicht zerbrochen war. Vorsichtig und mit zittrigen Fingern hob ich das Handy auf. Weg! Ihr Gesicht war weg! Zum Glück war das Display noch heil. Obwohl ich gewettet hätte, nach dem Schreck gewiss in diesem Raum nie wieder schlafen zu können, dämmerte ich fast augenblicklich weg.

Die nächsten zwei Tage verliefen recht ereignislos. Thomas und Carla sah ich nicht so oft, wie ich es mir gewünscht hätte, denn Großmutter war irgendwie ständig um mich herum. Ich sollte ihr im Garten zur Hand gehen, mit ihr fernsehen oder beim Abwasch helfen. Dauernd fragte sie, ob es mir gut ginge und bestand darauf, dass ich mich regelmäßig ausruhte. Deshalb durften mich Carla und Thomas auch immer nur kurz besuchen.

Die Internetrecherche hatte nicht viel ergeben, daher beschlossen sie, ins Zeitungsarchiv und in die Bibliothek zu fahren. Auch ich war bei meiner Mission, Großmutters Schlafzimmerschlüssel zu besorgen, noch nicht weiter gekommen. So litt ich tagsüber unter dem langweiligen Unterhaltungsprogramm, mit dem mich Großmutter auf Trab hielt, und hatte abends Angst, aus Versehen in spiegelnden Flächen dem Geist zu begegnen.

Einen Tag vor Halloween überschlugen sich dann die Ereignisse. Großmutter hatte am frühen Abend ihre allwöchentliche Chorprobe. Sie würde somit einige Zeit außer Haus sein. Thomas und Carla hatten angedeutet, dass ihre Recherche erfolgreich gewesen sei. Ich konnte es kaum erwarten, bis meine Großmutter endlich das Haus verließ. Nur mit größter Mühe saß ich artig am Küchentisch und sagte in regelmäßigen Abständen *ja* zu allen Anweisungen, mit denen sie mich überschüttete. Ungeduldig sah ich ihr dabei zu, wie sie leise mit sich selbst redend geschäftig ihre Sachen zusammensuchte.

Plötzlich entdeckte ich einen kleinen silbernen Schlüssel, den sie gedankenverloren und in ihren Monolog vertieft, auf die Arbeitsfläche gelegt hatte. Mir wurde heiß vor Aufregung. Als hätte es das Glück nicht schon gut genug mit mir gemeint, läutete genau in diesem Moment das Telefon im Flur und Großmutter verließ die Küche.

Einer spontanen Eingebung folgend sprang ich auf, raste zur Speisekammer, zog dort den Schlüssel aus dem Schloss und tauschte ihn gegen den Schlafzimmerschlüssel aus. Mit wild pochendem Herzen hoffte ich, dass sie es nicht bemerken würde. Wieder am Tisch sitzend begann ich, rückwärts von

Hundert runter zu zählen, um meine Nerven zu beruhigen.

Kopfschüttelnd betrat Großmutter die Küche. „Wieder so eine Telefongesellschaft, die mir einen neuen Tarif andrehen will. Sollten sie heute noch mal anrufen, leg am besten direkt auf."

Als sie endlich gegangen war, checkte ich die Uhr: kurz vor sechs, also hatten wir knapp zwei Stunden, bevor sie zurückkehren würde. Die Zeit mussten wir nutzen. Da ich bald abreiste, würde es wahrscheinlich keine zweite Chance geben.

Als jemand heftig an der Küchentür klopfte, fuhr ich erschrocken zusammen. Um meine Nerven stand es wirklich nicht zum Besten.

„Du wirst nicht glauben, was wir alles herausgefunden haben!", rief Thomas. Er schien nicht bemerkt zu haben, wie nervös ich war und stürmte völlig unbeeindruckt an mir vorbei zum Küchentisch. „Das Geistermädchen heißt Ivy und – halt dich fest – ist die Schwester deiner Großmutter. Mit acht Jahren ist sie bei einem Badeunfall ums Leben gekommen. Die Schwestern spielten am Ufer des Sees am Waldrand, als Ivy irgendwie ins Wasser stürzte. Da sie selbst auch nicht schwimmen konnte, hatte deine Großmutter nichts tun können. Als endlich Hilfe kam, war Ivy bereits ertrunken."

Mir schienen bei diesen Neuigkeiten sämtliche Gesichtszüge

entgleist zu sein, denn Carla tätschelte mitfühlend meinen Arm.

„Viel mehr konnten wir leider nicht finden, denn ein Brand im Archiv hat vor Jahren einen Großteil der Artikel zerstört", erklärte Thomas entschuldigend. „Aber wir haben uns zusätzlich in der Bibliothek umgesehen. Die Staffeln von *Supernatural* durften wir uns leider nicht auf DVD ausleihen, aber in ein paar alten Büchern, die tief in der Fantasy-Ecke vergraben waren, fanden wir ein paar nützliche Tipps. Wir brauchen dringend Salz und Eisen. Das hassen Geister."

Meine Gedanken fuhren Achterbahn und nur langsam dämmerte mir, was das alles bedeutete. „Dann wäre Ivy meine Großtante? Das kann nicht sein, niemand hat je etwas von ihr erzählt. Die alten Familienfotos – auf keinem ist sie zu sehen. Ich verstehe das nicht!"

„Lilly, überleg doch mal!" Thomas konnte seine Aufregung offensichtlich kaum noch zügeln. „Dein Gefühl, dass deine Großmutter ein Geheimnis hütet, und dann noch die verschlossene Schlafzimmertür …"

Das war das Stichwort. „Ich habe den Schlüssel", rief ich stolz. „Sollen wir nachsehen, was meine Großmutter da oben versteckt hält?"

Eilig hasteten wir die Treppe hoch. Mit zittrigen Fingern

schloss ich die Tür auf. Der typische Geruch dieses Hauses, diese seltsame Mischung aus dem harzigen Duft von Efeu und Mottenkugeln, schlug mir entgegen. Die Fenster waren verdunkelt. Als ich das Licht anschaltete, sah ich – nichts. Also, nicht *nichts*, sondern eben nichts Besonderes. Ich weiß nicht, was ich erwartet hatte, aber das Bett war ordentlich gemacht und auf dem Frisiertisch standen Großmutters Lieblingsparfums feinsäuberlich aufgereiht. Über dem Spiegel hingen ihre Ketten …

Carlas schrilles Kreischen durchschnitt die angespannte Stille. Da war sie wieder, im Spiegel meiner Großmutter. Doch dieses Mal waren Thomas und Carla bei mir.

Um den dicken Kloß aus meinem Hals zu bekommen, räusperte ich mich. „Ivy?", hauchte ich.

Genau in dem Moment, als ich ihren Namen ausgesprochen hatte, riss sie ihren Mund weit auf. Ich hatte Angst, denn es sah so aus, als wollte sie sich auf uns stürzen. Voller Panik stürmten wir aus dem Zimmer, polterten die Treppe runter und verschanzten uns in der Küche.

„Schnell, hier müsste Salz sein!" Thomas schien die Situation am besten zu verkraften. Er begann, die Speisekammer zu durchsuchen. „Aber wo bekommen wir Eisen her?"

Carla ging es ähnlich wie mir. Bevor wir antworteten konnten, mussten wir erst einmal unsere Atmung beruhigen. Als das Telefon klingelte, sah es so aus, als würde Carla in Ohnmacht fallen. Aber sie hielt sich tapfer.

Mit zittrigen Fingern nahm ich den Hörer von der Gabel.

„Hahahallo?", stotterte ich.

„Lilly, Kind, alles in Ordnung?", fragte Großmutter am anderen Ende der Leitung.

„Ja." Ich räusperte mich, um meiner Stimme ihre Sicherheit zurückzugeben. „Ich hab' nur gerade geschlafen und das Telefon hat mich geweckt."

„Entschuldige bitte, das war nicht meine Absicht. Ich wollte nur Bescheid geben, dass unsere Probe heute länger dauert und es spät wird. Könntest du bitte zu den Millers rübergehen und bei ihnen übernachten? Ich möchte nicht, dass du so lange nach Einbruch der Dunkelheit alleine zu Hause bist. Sue weiß schon Bescheid."

Natürlich willst du das nicht, schließlich spukt es hier, dachte ich verbittert. Aber das wollte ich nicht am Telefon mit ihr klären. Also versprach ich, wie es sich für eine brave Enkeltochter gehört, bei den Nachbarn zu schlafen. Ehrlich gesagt, hatte ich sowieso keine Lust, allein in dem Spukhaus zu bleiben. Sue Miller, die uns schon mit einer großen Schüssel Käsemakkaroni erwartete, empfing mich herzlich. Mir war gar nicht bewusst gewesen, wie hungrig ich war. Carla und Thomas schien es genauso zu gehen. Schnell putzten wir die Teller leer und legten uns anschließend faul vor den Fernseher. Wie immer am Abend vor Halloween kamen auf sämtlichen Sendern Gruselfilme, naja, oder das, was manche für gruselig hielten. Da waren wir inzwischen ganz anderes gewohnt. Gelangweilt zappten wir durch das Programm.

„Morgen müssen wir uns überlegen, wie wir weiter vorgehen", sinnierte Carla, gerade als ich am eindösen war. „Morgen ist Halloween und in den Büchern stand, dass dann der Vorhang zur Geisterwelt am dünnsten ist."

* * *

Am nächsten Morgen kam mir alles wie ein Traum vor. Ein Geist im Haus meiner Großmutter, das klang einfach zu verrückt. Außerdem hatte ich gerade andere Sorgen. Großmutter musste bemerkt haben, dass wir in ihrem Zimmer gewesen waren. Bei unserer kopflosen Flucht hatten wir vergessen, die Tür wieder zu schließen.

„Deine Großmutter hat angerufen und mich gebeten, dass ich dich gleich nach dem Frühstück rüberschicke. Sie klang etwas

141

besorgt", erklärte Sue arglos.

Vor lauter Schreck hätte ich mich fast an meinen Cornflakes verschluckt. Mist, ich musste mich ihr stellen, doch was sollte ich sagen? Was würde sie tun? Mit dem festen Vorsatz, sie durch direkte Konfrontation aus der Reserve zu locken, verabschiedete ich mich von meinen Freunden. Ich versprach ihnen, mich so bald wie möglich zu melden.

Als ich durch den Hintereingang in die Küche kam, erwartete mich Großmutter bereits. Ihr Blick verhieß nichts Gutes. „Also, ich höre ... Möchtest du mir vielleicht etwas sagen, Lilly?"

Am liebsten wäre ich im Erdboden versunken. Da das nicht ging, nahm ich all meinen Mut zusammen. „Ich weiß, wer sie ist!", brach es aus mir heraus. „Ivy, deine Schwester, ich habe sie gesehen – und nicht nur ich. Auch Carla ist ihr schon öfter begegnet. Carla und Thomas haben recherchiert und die ganze Geschichte mit Ivy herausgefunden."

Beim Namen ihrer Schwester zuckte Großmutter zusammen. „Ich habe befürchtet, dass so etwas passiert. Vor Halloween wird sie stärker und zeigt sich häufiger", sagte sie schließlich leise.

Sie klang sehr unglücklich. „Lilly, es tut mir leid, ich hätte gleich mit dir reden sollen, aber ich hatte Angst, dass du mich für eine alte Schrulle hältst und zugleich gehofft, dass sie dich in Ruhe lassen würde." Großmutter war nur noch ein Schatten ihrer selbst. Doch dann fiel ihr etwas ein. „Was genau wolltest du in meinem Zimmer finden?"

„Antworten! Was dachtest du denn? Vielleicht ein Kleid oder Fotos? Wir hatten gehofft, irgendeinen Hinweis auf Ivy zu finden." Mir fiel selbst auf, wie trotzig das klang.

„Ich verstehe", seufzte Großmutter. Dabei lächelte sie etwas gezwungen. „Was genau willst du wissen?"

„Was ist damals passiert und warum spukt sie hier noch rum? Eigentlich dachte ich, es gäbe keine Geister, aber da habe ich mich wohl geirrt. Irgendwo habe ich mal gelesen, dass die Seelen nach dem Tod erlöst werden und in den Himmel fahren. Das kann aber auch mein Religionslehrer erzählt haben."

Langsam stand Großmutter auf, ging zum Herd und stellte Wasser für Tee auf. Offenbar brauchte sie Zeit, um sich eine Antwort zurechtzulegen. „Unsere Mutter hatte uns streng verboten, alleine zum See zu gehen, doch wie Kinder nun mal sind …"

Fasziniert beobachtete ich, wie ihre Hände mechanisch Tee aufgossen.

„… haben wir nicht gehört. Was genau passiert ist, weiß ich

nicht mehr, doch plötzlich war sie weg. Also rief ich nach ihr, doch sie antwortete nicht. Wie gelähmt stand ich am Ufer und schrie nach Ivy, bis endlich ein junges Paar vorbeikam. Schluchzend erzählte ich den beiden alles. Der junge Mann sprang sofort ins Wasser, um nach ihr zu suchen, während mich die nette Frau zu trösten versuchte. Immer wieder tauchte der Mann nach Ivy, doch er fand sie nicht. Immer mehr Leute wurden auf uns aufmerksam. Irgendjemand alarmierte die Polizei und die Feuerwehr. Erst Stunden später, als sie mit Stangen von Booten aus nach ihr suchten, zogen sie ihren leblosen Körper aus dem Wasser." Großmutters Stimme brach beinahe. „Das war der schlimmste Tag in meinem Leben. Was damals geschah, verfolgt mich bis heute."

Sie tat mir unendlich leid. „Das ist schrecklich", sagte ich so sanft wie möglich, „erklärt aber nicht, warum sie noch hier herumgeistert?"

„Das ist wahrscheinlich meine Schuld", seufzte Großmutter. „Als sie mir das erste Mal erschien, erschrak ich natürlich beinahe zu Tode. Allerdings bemerkte ich schnell, dass sie mir nichts Böses antun wollte. Vor Halloween kam sie häufiger zu mir. Ihr von meinem Leben zu erzählen, sie teilhaben zu lassen, all das linderte meinen Schmerz. Außer ihr gab es kaum jemanden, mit dem ich sprechen konnte. Meine Eltern haben Ivys Tod nie verwunden. Je weniger wir über sie redeten, desto weniger schmerzlich war es für sie. Deshalb standen im Haus auch keine Fotos von ihr. Nach dem Tod meiner Eltern war ich die Einzige, die Ivy überhaupt noch gekannt hatte. Du glaubst nicht, wie viel Kraft es mich gekostet hat, das Geheimnis zu bewahren."

„Du willst mir erzählen, dass all die Jahre niemand außer dir in diesem Haus Ivy zu Gesicht bekam?" Das alles klang so verrückt.

„Dein Großvater hat sie wenige Male gesehen, aber er glaubte, es wäre Einbildung und ich bestärkte ihn darin. Deinem Vater hat sie sich glücklicherweise nie gezeigt."

„Aber warum erscheint sie jetzt ausgerechnet mir? Was hat das zu bedeuten?"

„Ach Lilly, ich weiß es nicht. Tatsache ist, dass sie sich im Laufe der Jahre verändert hat. Ihr Blick ist nicht mehr so freundlich wie am Anfang. Mittlerweile fürchte auch ich mich vor ihr. Deshalb wollte ich nicht, dass du alleine mit ihr bist."

„Dann müssen wir irgendwie herausfinden, was passiert ist. An Halloween ist die Verbindung am stärksten, richtig?"

Großmutter nickte, wirkte aber nicht so ganz überzeugt.

„Heute ist Halloween – unsere Chance, Antworten zu bekommen. Lass uns das gemeinsam angehen. Thomas und Carla werden sicher helfen. Schließlich hatte auch Carla einige schlaflose Nächte wegen Ivys Spukerei."

Kurz nachdem ich die beiden per Telefon herübergerufen und auf den neuesten Stand gebracht hatte, legten wir los. Da Ivy in sämtlichen sich spiegelnden Gegenständen auftauchen konnte, hatte Thomas eine grandiose Idee. Wir streuten reichlich Salz vor alle möglichen *Zugangspunkte* und verstärkten den Schutz zusätzlich durch kleine Gegenstände aus Eisen, die wir von überall zusammentrugen. Lediglich den Spiegel in Großmutters Zimmer, den Thomas als Portal ausgewählt hatte, ließen wir aus.

Den ganzen Nachmittag waren wir damit beschäftigt, das Haus zu präparieren. Als endlich die Dunkelheit hereinbrach, löschten wir alle Lichter. Nur in Großmutters Schlafzimmer zündeten wir ein paar Kerzen an. Gespannt saßen wir auf dem Bett und beobachteten Großmutter, wie sie vor ihrem Frisiertisch auf und ab lief. Sichtlich nervös redete sie leise vor sich hin und bat Ivy, sich endlich zu zeigen.

Eine gefühlte Ewigkeit später erschien Ivy. Sobald sie uns auf dem Bett bemerkte, begann sie so heftig zu fauchen, dass

Großmutter erschrocken zurücktaumelte. Mir wurde vor Angst fast schlecht. Carla zitterte neben mir wie Espenlaub und Thomas stöhnte auf. Dass von Ivy eben doch eine gewisse Gefahr ausging, hatte ich bereits befürchtet.

„Bitte Ivy, beruhige dich! Wir haben nur ein paar Fragen. Warum bist du noch hier? Warum erscheinst du Lilly und Carla und machst ihnen Angst?" Offensichtlich kämpfte Großmutter um ihre Fassung. „Du hast dich verändert. Früher warst du nicht so furchteinflößend … Was ist passiert?"

Die Worte schienen Ivy zu berühren. Der Blick, den sie uns zuwarf, war so verzweifelt, dass mir die Tränen in die Augen stiegen. Dann verschwand sie, der Spiegel beschlug und eine unsichtbare Hand schrieb ein Wort: *Erlösung*.

Wir drei auf dem Bett sahen uns fragend an. Großmutter aber ließ den Kopf sinken. Sie sah genauso verzweifelt aus wie Ivy gerade eben.

„Was hält sie hier? Wie kann sie sich lösen?", überlegte ich laut.

„Es gibt einen Weg, aber wenn ich euch den verrate, dann sorgt ihr dafür, dass sie ganz verschwindet und ich habe sie endgültig verloren. Das ertrage ich nicht."

„Aber du musst sie befreien. Du siehst doch, wie sehr sie

darum fleht, gehen zu dürfen und nicht mehr in den Spiegeln gefangen zu sein."

Im nächsten Moment flackerten die Kerzen. Wild fauchend schlug Ivy mit den Fäusten von innen gegen den Spiegel, bis das Glas splitterte. Trotz der Risse war ihr zorniges Gesicht deutlich zu erkennen. Sie wollte sich befreien, endlich ihr Gefängnis verlassen.

Carla sprang auf und rannte voller Panik zur Tür, die aber vor ihrer Nase ins Schloss fiel. „Ich bekomm' sie nicht auf. Lilly! Thomas! Hilfe!", schrie sie.

Ivy hörte nicht auf zu fauchen und zu toben. Es schien, als würde sie nun den unterdrückten Schmerz der letzten sechzig Jahre herauslassen. Ich sah zu Carla, die ihre Versuche, die Tür zu öffnen, aufgegeben hatte und sich in die Nische neben der Tür duckte. Meine Großmutter starrte unverwandt in den Spiegel.

„Verdammt! Siehst du nicht, was du anrichtest? Sag uns, wie wir sie befreien können", schrie ich sie an.

„Vermutlich ist Ivy durch etwas Persönliches hier gebunden", mutmaßte Thomas.

Ich bewunderte seine Sachlichkeit. Er hatte sich wirklich gut vorbereitet.

Völlig verzweifelt packte ich Großmutter an den Schultern und schüttelte sie. „Was ist es?"

„Ihre Haare …", schluchzte sie, als würde sie aus einer Trance erwachen, „es ist eine Haarsträhne, die sie mir vor vielen, vielen Jahren gegeben hat."

„Wo versteckst du sie?", stieß ich hervor. Aus dem Augenwinkel erkannte ich, dass nur noch wenige Splitter Ivy im Spiegel hielten und auch die wackelten bereits bedrohlich. Voller Zorn drückte sie sich immer stärker gegen die Barriere, offenbar fest entschlossen, ihr so lang erduldetes Gefängnis nach all den Jahren nun endlich zu verlassen.

„Großmutter, bitte, wir müssen sie erlösen!"

„Unter dem Bett … unter einer losen Holzdiele."

Mittlerweile war das Fauchen zu einem hysterischen Kreischen angewachsen. Thomas warf sich augenblicklich gegen das Bett und drückte es mit aller Kraft gegen die Wand. Ich kniete nieder, um den Boden abzutasten. Schließlich fand ich die lose Bohle und darunter eine Schachtel, in der Großmutter offenbar Erinnerungen an ihre Schwester gesammelt hatte, um sie inmitten eines Hauses zu konservieren, das Ivy vergessen hatte. Mit zittrigen Fingern durchsuchte ich die kleine Kiste, bis ich zwischen vergilbten Bildern eine lockige braune Haarsträhne fand, die von einem roten Samtband zusammengehalten wurde. Wehmütig betrachtete ich das kleine Bündel, bis mich Thomas aus meinen Gedanken riss: „Los, Lilly, du musst es verbrennen. Nur so kann sie erlöst werden."

Schnell ging ich zur nächsten Kerze und rief meiner Großmutter zu: „Wenn du dich verabschieden willst, dann beeil dich. Ich muss den Spuk jetzt beenden!" Gebannt beobachtete ich, wie die Flamme um die Haare züngelte.

„Ivy, hörst du mich? Es tut mir leid, dass ich dich all die Jahre nicht gehen lassen konnte. Deine Anwesenheit hat mir Trost gespendet. Ich weiß, das war egoistisch und es tut mir von Herzen leid. Bitte vergib mir und finde deinen Frieden. Wir werden uns bald wiedersehen. Ich liebe dich, vergiss das nie", schluchzte meine Großmutter. Noch nie hatte ich sie so traurig erlebt.

Fasziniert beobachtete ich, wie sich Ivy nach und nach beruhigte. Sie wirkte nicht mehr so kalt und feindselig. Das von Wut verzerrte Gesicht entspannte sich. Konnte es möglich sein? Ein sanftes Lächeln breitete sich allmählich aus. Das musste die Ivy sein, die meiner Großmutter viele Jahre durch ihre Anwesenheit Trost gespendet hatte.

Kurz bevor ihre Locke endgültig zu Asche geworden war, löste sich eine Träne aus Ivys Auge und sie hauchte: „Danke." Dann verschwand sie.

Die Tür sprang auf. Nur der zerstörte Frisiertischspiegel kündete noch von den Ereignissen, die sich gerade zugetragen hatten. Ich umarmte Großmutter fest. Thomas eilte zu Carla und nahm sie tröstend in den Arm.

Am nächsten Morgen rief ich meine Eltern an und bat sie, mich erst einen Tag später abzuholen, denn ich wurde das Gefühl nicht los, dass Großmutter und ich noch einiges zu klären hatten. Mit einer Tasse Tee, Keksen und dicken Decken kuschelten wir uns auf der Couch zusammen. Sie erzählte mir von ihren Jahren mit Ivy und davon, wie die außergewöhnlich innige Beziehung zu ihrer Schwester ihr Leben beeinflusst hatte. Ich lernte meine Großmutter neu kennen. Uns verband jetzt etwas Außergewöhnliches, was wir nie jemandem erzählen konnten, denn das hätte sicher niemand geglaubt – okay, außer Thomas und Carla natürlich. Den beiden versprach ich beim Abschied, dass ich sie ab sofort öfter besuchen würde. Der einzige Horror, der mir dann noch bevorstand, war dieses verdammte Funkloch!

Anhang:
Autoren

Sandra Bollenbacher

schreibt am liebsten Geschichten, die irgendetwas Fantastisches an sich haben. Ihre erste Kurzgeschichte *Der Weihnachtsbesuch* ist 2015 beim *Rowohlt Verlag* erschienen. 2017 veröffentlichte der *Art Skript Phantastik Verlag* ihre spannende Kurzgeschichte *Ein Schloss aus Inspiration und Wahnsinn* in der Anthologie *Absinth: Geschichten im Rausch der Grünen Fee*.

www.facebook.com/autorinsandrabollenbacher

Annika Bützler

lebt mit Mann und Tochter auf dem Land. Sie stellt Schmuck, Lesezeichen und viele andere schöne Dinge her zum Verkauf. Ihre Tochter brachte sie auf die Idee, eine Geschichte über Tilda, die kleine Schildkröte, zu schreiben. *Tilda und das Glitzerding* wurde mittlerweile im *Kelebek Verlag* veröffentlicht. Band zwei ist bereits in Arbeit. Wegen ihrer Lese- Rechtschreib- Schwäche lässt die Autorin ihre Manuskripte schon vor der Abgabe an einen Verlag von Kathrin Andreas, Lektorat Wörterwald, prüfen.

www.facebook.com/AnnikaBuetzler

Sarah Drews

1983 in Hamburg geboren, lebt die Autorin mit Mann und vier Jungs in der Nähe von Hamburg. Sie hat eine klassische Ausbildung in der Gastronomie absolviert. Seit 2016 erweckt sie ihre eigenen Geschichten zum Leben. Inzwischen ist ihre erste Kurzgeschichte im *Kiel & Feder Verlag* in der Anthologie *Lustige Kindergeschichten* erschienen. Weitere, überwiegend etwas *gruselige* Veröffentlichungen sind geplant, ein größeres Projekt im *Kelebek Verlag*.

sarahdrews.blogspot.de

Stefanie Mühlenhaupt

1979 in Hamburg geboren, lebt die gelernte Holzwirtin heute mit Mann und Tochter in Buchholz in der Nordheide. Schon als Kind hat sie geschrieben, egal ob Fantasy, Jugendgeschichten oder All- Age- Erzählungen. Nach einem Schreibseminar 2015/16 entschloss sie sich dazu, ihre Texte künftig auch zu veröffentlichen. *Funken* in der Halloween-Anthologie des *Kelebek Verlages* ist ihre erste Veröffentlichung.

Annette Paul

verfasst Kurzgeschichten für Kinder und Erwachsene sowie Kinderbücher und Märchen. Zuerst schrieb sie nur für ihre eigenen Kinder. Inzwischen hat sie viele Texte in Zeitschriften, Anthologien und E- Books veröffentlicht. Besonders Prinz, die freche sprechende Ratte, liegt ihr am Herzen. Auf ihren Blogs stellt die Autorin nicht nur ihre eigenen Bücher, sondern auch die von anderen Indie- Autoren und Kleinverlegern vor. Mehr von und über Annette Paul unter:

kleine-schmoekerratten.blogspot.de/

Nadja Rehn

1976 in Mannheim geboren, zog es die Autorin nach abgeschlossener Fachoberschulreife und Ausbildung zur Kauffrau für Bürokommunikation zunächst nach Amerika. Seit ein paar Jahren lebt sie wieder im Westen Deutschlands und widmet sich in ihrer Freizeit dem Schreiben. Zunächst verfasste sie Songtexte und Gedichte. Zu einer Veröffentlichung fehlte ihr lange Zeit der Mut. *Das alte Amulett* ist ihre erste veröffentlichte Geschichte.

Anne Schmitz

lebt mit Mann und drei Kindern in der Nähe von Köln. Die Autorin teilte ihre Geschichten zunächst ausschließlich mit ihrer Familie. 2016 gab sie mit *Keylam – die Ankunft* ihr Autorendebüt. Ende 2016 folgte der zweite Band: *Keylam und der Stachel des Bösen*. Der dritte und letzte Band wird demnächst erscheinen. Ihre Fantasy- Geschichten für Kinder gibt es bisher als E- Book. Neben Kinderbüchern schreibt sie auch fantastische Kurzgeschichten für Jugendliche und Erwachsene. www.anne-schmitz.com/

Christina Stöger

1980 in Hamburg geboren, lebt die Autorin mittlerweile glücklich verheiratet im Süden Deutschlands. Nach abgeschlossener Fachhochschulreife und Ausbildung zur Bürokauffrau widmet sie sich seit 2010 dem geschriebenen Wort. Ob im Café oder beim Spaziergang mit ihrem Hund – immer macht sie sich Notizen. Sie schreibt Liebesromane, Kurzgeschichten, Lyrik und Psychothriller. Veröffentlicht wurden ihre Werke bisher im Selbstverlag und im *Edition Paashaas Verlag.* Für die Halloween-Anthologie des *Kelebek Verlages* verfasste sie ihre erste Kindergeschichte. christinas-buchstabenmeer.blogspot.de

Martina Suhr

Mit Mann und zwei kleinen Kindern wohnt die Autorin am schönen Bodensee. Nach ihrem Abschluss in Literatur- und Sprachwissenschaft konzentrierte Martina sich zunächst auf die Familie, bis sie feststellte, dass sie einen kreativen Ausgleich brauchte. So kam sie vom Lesen übers Bloggen zum Lektorieren. Heute arbeitet Martina als Redakteurin für ein Online-Magazin und als freiberufliche Lektorin. Mittlerweile hat sie damit begonnen, eigene Geschichten zu schreiben. *Spuk im Spiegel* ist ihre erste veröffentlichte Geschichte. arslitura.de/

Marion von Vlahovits

wurde in Enid, Oklahoma geboren. Mittlerweile lebt die Autorin im Landkreis Regensburg. Sie ist verheiratet, hat zwei erwachsene Söhne und unterrichtet als Sonderschullehrerin an einem Förderzentrum. Seit einigen Jahren schreibt sie Gedichte und Kinderbücher. Ihre Gedichte erscheinen regelmäßig in Anthologien und auf Grußkarten im *Verlag am Eschbach*. Ihr erstes Kinderbuch *Julian und die Wutsteine* erschien 2013 im *Papierfresserchens MTM Verlag*. Vor allem die Reihe um *Inspektor Gino*, den Hundedetektiv, spielt eine große Rolle in ihrem Leben als Autorin.

https://marionsgeschichtenwerkstatt.jimdo.com/

Anathea Westen

1965 in Bielefeld geboren, lebt die Autorin heute mit ihren Hunden im idyllischen Kreis Lippe in Nordrhein-Westfalen. Lesen und Geschichten erfinden, gehörten schon immer zu ihren Lieblingsbeschäftigungen. Seit 2016 studiert sie die Grundlagen des Schreibhandwerks in einem Fernlehrgang. Gleich im ersten Jahr belegte ihre Kurzgeschichte *Hüter alte Zeiten* den zweiten Platz in einem Schreibwettbewerb und wurde Anfang 2017 in einer Anthologie veröffentlicht. Eine eigene Homepage und ein Facebook- Account sind derzeit in Arbeit.

Sascha Zurawczak

Schon immer las der Autor mit Begeisterung fantastische Geschichten. Geboren 1991, beschloss er bereits mit sechzehn Jahren, es selbst einmal zu versuchen. Schon 2010 gab er den ersten Band seiner *Lagrosiea- Trilogie* im Selbstverlag heraus. Dem Genre Abenteuerfantasy ist er bis heute treu geblieben. Mit im Team ist seine Mutter Cornelia. Als Ausgleich zum Schreiben verbringt Sascha viel Zeit mit Fahrradtouren durch die schöne Natur Norddeutschlands. Neben seinem Beruf und dem Schreiben bleibt kaum Zeit für weitere Hobbys.

https://saschazurawczak-autor.jimdo.com/

Autorin und Illustratorin

Ines Gölß

Geboren in der Oberpfalz, aufgewachsen in Dachau und München, lebt die Autorin heute mit Mann und fünf Kindern in Österreich. Da sie schon immer gerne gezeichnet und Geschichten vorgelesen hat, wuchs in ihr der Wunsch, selbst einmal ein Kinderbuch zu schreiben und zu illustrieren. 2014 erschien der erste Teil von *Schnecke Ticki und der Zauberer Zippeldapp*, eine Mut- mach- Geschichte für Kinder ab vier Jahren. Zwei weitere Teile folgten. Mehr zu ihren Geschichten, Illustrationen und Projekten unter:

ines-goelss-zauberbuch.com/

Illustrationen: S. 15, 31 und 88

Illustratoren

Anke Kemper

lebt mit ihrer Familie im Sauerland. Sie ist Autorin mehrerer Theaterstücke, Regisseurin, Schauspielerin und Inhaberin des *adspecta Theaterverlages.* Das Gestalten der Cover für die Theaterbücher war ihr Einstieg als Illustratorin. Mittlerweile hat sie bereits zwei Kinderbücher von Peter Futterschneider illustriert: *Im Land der Leuchtkäfer* und *Prinzessin Grenzenlos.* Beide sind im Mai 2017 erschienen. https://kempers-art.de/ Illustrationen: S. 79, 111 und 122

Michael Remus Gölß

ist im wunderschönen Waldviertel in Österreich beheimatet. Schon in seiner Kindheit begann er zu zeichnen. Er erkannte, dass man mit Kunst sehr viel ausdrücken kann, ohne eine bestimmte Sprache sprechen zu müssen. Seine größte Aufmerksamkeit widmet er neben dem Illustrieren von Büchern dem Malen und Zeichnen von Portraits.
www.post-mortem.eu Illustrationen: S. 48, 57 und 68

Ronja Opladen

Geboren 1999 lebt sie mit ihrer Familie in einem kleinen Ort in Bayern. Leidenschaftlich gern zeichnet Ronja Personen und Portraits. Nun möchte sie sich als Illustratorin weiterentwickeln und freut sich, in der Halloween-Anthologie des *Kelebek Verlages* zum ersten Mal mit Zeichnungen vertreten zu sein. Zu finden ist sie auf Instagram unter *pluviesque.* Illustrationen: S. 23, 40 und 101

Lektorin

Carolin Olivares

Seit mittlerweile zwei Jahren arbeitet die Lektorin mit dem *Kelebek Verlag* zusammen. Sie ist Ethnologin, Sozial- und Bibliothekswissenschaftlerin, lebt mit Mann und Tochter in Mainz. Ob als Wissenschaftlerin, Lehrerin oder Autorin – immer hatte sie mit dem Schreiben und Überarbeiten von Texten zu tun. Als Bibliothekarin gehörte es zu ihren Aufgaben, den Buchmarkt, insbesondere den Kinderbuchmarkt, im Auge zu behalten. Seit 2016 ist Carolin ausschließlich als freie Lektorin tätig.

www.olivares-canas.com/